U0797187

只 为 优 质 阅 读

好
读

Goodreads

海子经典诗选

海子 著

江苏凤凰文艺出版社
JIANGSU PHOENIX LITERATURE AND ART PUBLISHING, LTD

每一个接近他的人，每一个诵读过他的诗篇的人，都能从他身上嗅到四季的轮转、风吹的方向和麦子的成长。

—— 西川

海子照片及手稿

海子（1964 ～ 1989）

海子在天安门前

海子在北京大学图书馆

怀宁县高河中学七九届

业全体师生合影纪念 79.4

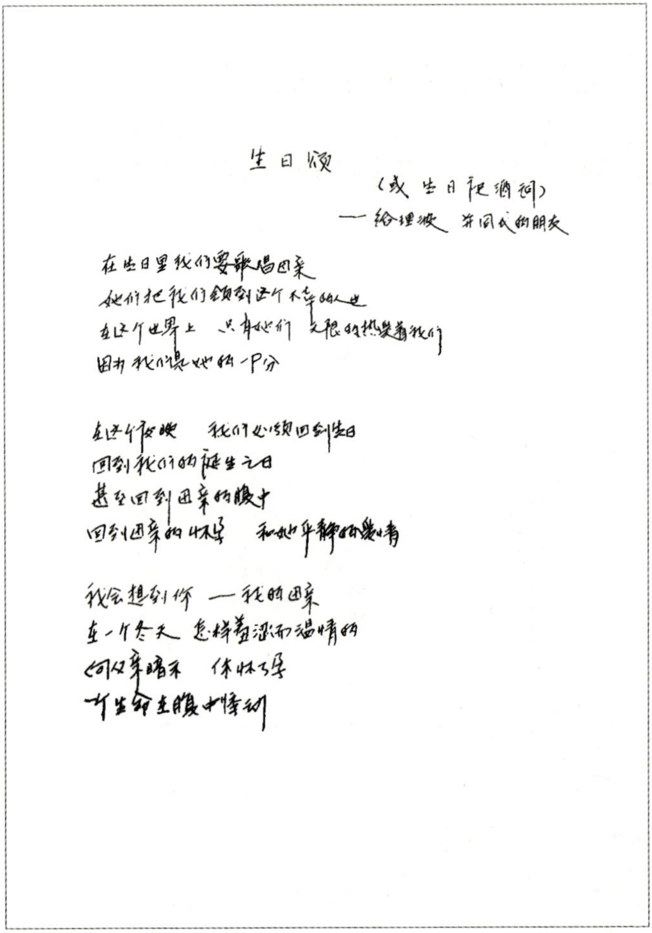

生日颂

（或生日祝酒词）

——给理波 并同我的朋友

在生日里我们要歌唱母亲
她们把我们领到这个不幸的人世
在这个世界上 只有她们 无限地热爱着我们
因为我们是她的一部分

在这个夜晚 我们必须回到生日
回到我们的诞生之日
甚至回到母亲的腹中
回到母亲的怀孕 和她平静的爱情

我会想到你 ——我的母亲
在一个冬天 怎样羞涩而温情地
向父亲暗示 你怀了孕
一个生命在腹中悸动

《生日颂》手稿

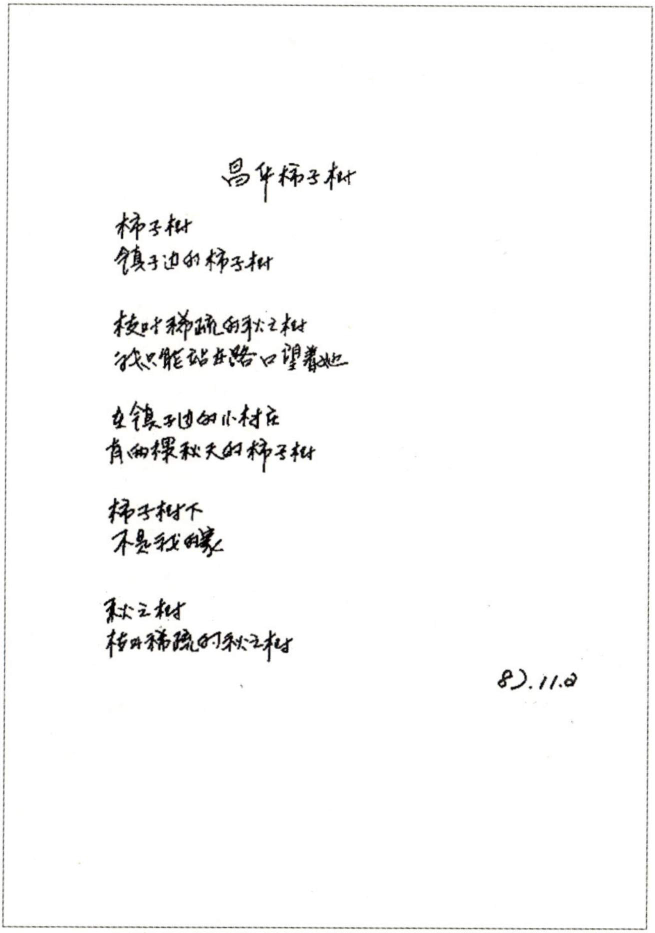

昌平柿子树

柿子树
镇子边的柿子树

枝叶稀疏的秋之树
我只能站在路口望着她

在镇子边的小村庄
有两棵秋天的柿子树

柿子树下
不是我的家

秋之树
枝叶稀疏的秋之树

87.11.2

《昌平柿子树》手稿

目录

辑一

从明天起，做一个幸福的人
喂马，劈柴，周游世界

辑二

姐姐，
今夜我不关心人类，我只想你

……………………………………

辑三

没有任何夜晚能使我沉睡，
没有任何黎明能使我醒来

……………………………………

辑四

不要说心中有一个地方，
那是我一直不敢梦见的地方

辑五

你是我的　半截的诗
半截用心爱着　半截用肉体埋着
……………………………………

辑六

远方啊
除了遥远　一无所有

……………………………………

辑七

哪辆马车，载你而去，奔向远方
奔向远方，你去而不返，是哪辆马车
……………………………………

辑八

你是灯，
是我胸脯上的黑夜之蜜

……………………………………

辑九

黑夜比我更早睡去，黑夜是神的伤口，你是我的伤口

辑十

答应我，忍住你的痛苦
不发一言，穿过这整座城市
……………………………………

辑一

从明天起，做一个幸福的人
喂马，劈柴，周游世界

……………………………………

面朝大海，春暖花开

麦地

打钟

主人

你的手

单翅鸟

在家乡

哑脊背

给伦敦

燕子和蛇（组诗）

船尾之梦

海上婚礼

民间艺人

十四行：王冠

昌平柿子树

太平洋上的贾宝玉

春天的夜晚和早晨

不要问我那绿色是什么

坐在纸箱上想起疯了的朋友们

让我把脚丫搁在黄昏中一位木匠的工具箱上

——

面朝大海，春暖花开

从明天起，做一个幸福的人
喂马，劈柴，周游世界
从明天起，关心粮食和蔬菜
我有一所房子，面朝大海，春暖花开

从明天起，和每一个亲人通信
告诉他们我的幸福
那幸福的闪电告诉我的
我将告诉每一个人

给每一条河每一座山取一个温暖的名字
陌生人，我也为你祝福
愿你有一个灿烂的前程
愿你有情人终成眷属
愿你在尘世获得幸福
我只愿面朝大海，春暖花开

1989. 1. 13

麦地

吃麦子长大的
在月亮下端着大碗
碗内的月亮
和麦子
一直没有声响

和你俩不一样
在歌颂麦地时
我要歌颂月亮

月亮下
连夜种麦的父亲
身上像流动金子

月亮下
有十二只鸟
飞过麦田
有的衔起一颗麦粒
有的则迎风起舞，矢口否认

看麦子时我睡在地里
月亮照我如照一口井
家乡的风
家乡的云
收聚翅膀
睡在我的双肩

麦浪——
天堂的桌子
摆在田野上
一块麦地

收割季节
麦浪和月光
洗着快镰刀

月亮知道我
有时比泥土还要累
而羞涩的情人
眼前晃动着
麦秸

我们是麦地的心上人

收麦这天我和仇人
握手言和
我们一起干完活
合上眼睛，命中注定的一切
此刻我们心满意足地接受

妻子们兴奋地
不停用白围裙
擦手

这时正当月光普照大地。
我们各自领着
尼罗河，巴比伦或黄河
的孩子　在河流两岸
在群蜂飞舞的岛屿或平原
洗了手
准备吃饭

就让我这样把你们包括进来吧
让我这样说
月亮并不忧伤
月亮下
一共有两个人

穷人和富人

纽约和耶路撒冷

还有我

我们三个人

一同梦到了城市外面的麦地

白杨树围住的

健康的麦地

健康的麦子

养我性命的麦子!

1985.6

打钟

打钟的声音里皇帝在恋爱
一枝火焰里
皇帝在恋爱

恋爱，印满了红铜兵器的
神秘山谷
又有大鸟扑钟
三丈三尺翅膀
三丈三尺火焰

打钟的声音里皇帝在恋爱
打钟的黄脸汉子
吐了一口鲜血
打钟，打钟
一只神秘生物
头举黄金王冠
走于大野中央

“我是你爱人

我是你敌人的女儿
我是义军的女首领
对着铜镜
反复梦见火焰”

钟声就是这枝火焰
在众人的包围中
苦心的皇帝在恋爱

1985. 5

主人

你在渔市上
寻找下弦月
我在月光下
经过小河流

你在婚礼上
使用红筷子
我在向阳坡
栽下两行竹

你的夜晚
主人美丽
我的白天
客人笨拙

1985. 1

你的手

北方
拉着你的手
手
摘下手套
她们就是两盏小灯

我的肩膀
是两座旧房子
容纳了那么多
甚至容纳过夜晚
你的手
在他上面
把他们照亮

于是有了别后的早上
在晨光中
我端起一碗粥
想起隔山隔水的
北方

有两盏灯

只能远远地抚摸

1985. 2

单翅鸟

单翅鸟为什么要飞呢
为什么
头朝着天地[1]
躺着许多束朴素的光线

菩提，菩提想起
石头
那么多被天空磨平的面孔
都很陌生
堆积着世界的一半
摸摸周围
你就会拣起一块
砸碎另一块

单翅鸟为什么要飞呢
我为什么
喝下自己的影子

---

① 原稿如此。——编者注

揪着头发作为翅膀
离开

也不知天黑了没有
穿过自己的手掌比穿过别人的墙壁还难
单翅鸟
为什么要飞呢

肥胖的花朵
喷出水
我眯着眼睛离开
居住了很久的心和世界

你们都不醒来
我为什么
为什么要飞呢

1984. 9

在家乡

鸟　在家乡如一只蓝色的手或者子宫
手和子宫
你从石头死寂中茫然无知地上升

羊群……许多蹄子来了又去　反复灭绝
大地发光……月亮的马　飞到雪山和村庄
女人取了一个生蚕豆花的名字“月亮”

“回想我们高高隆起的乳房
总想砸烂船舱
那船长是否独自一人常把我们回想……”

阴暗的女王就是我永远青春的宝剑
当狮子在教堂下舞蹈
你应呼应！即使我没有声音！你应回答！你应发出声音！

水罐摇摇晃晃走上山巅成长为洞窟和房屋
大鸟食麦一株
祖先们更在劳动中丧生

头盖骨，孤独的星，忧伤的星，明亮的星，我的心，坐在头颅上大叫大嚷
我打开龙的第一只骨头，第二只骨头，我将会在第三个耐寒的季节里爬
爬进它的身体，我将躲避我自己的追击

在危险的原野上
落下尸体的地方
那就是家乡

我的自由的尸体在山上将我遮盖　放出花朵的
羞涩香味

1987（？）

哑脊背

一个穿雨衣的陌生人
来到这座干旱已久的城

（阳光下
他水国的口音很重）

这里的日头直射
人们的脊背

只有夜晚
月亮吸住面孔

月亮也是古诗中
一座旧矿山

只有一个穿雨衣的陌生人
来到这座干旱已久的城

在众人的背脊上

看出了水涨潮，看到了黄河波浪

只有解缆者
又咸又腥

1985

给伦敦

马克思、维特根施坦
两个人，来到伦敦
一前一后，来到这个大雾弥漫的
岛国之城
一个宏伟的人，一个简洁的人
同样的革命和激进
同样的一生清贫
却带有同样一种摧毁性的笑容
内心虚无
内心贫困
在货币和语言中出卖一生
这还不是人类的一切啊！
石头，石头，卖了石头买石头
卖了石头换来石头
卖了石头还有石头
　　石头还是石头，人类还是人类

燕子和蛇（组诗）

1. 离合

美丽在春天
疼成草叶

一种三节的草
爱你成病

美丽在天上
鸟是拖鞋

长草的拖鞋
嘴埋在水里

美丽在水里
鱼是草的棺材

一种草
一种心尖上的草

美丽在草原上
枕着鹿头

2. 三位姑娘
——写给莱蒙托夫不幸的爱情

我看见
莱蒙托夫的旧报纸上
三只燕子
三只肉体的燕子
使我的灯光
受伤

用手指推推
不醒的
你自己
扶着自己
像扶着一匹笨马
用手指推推身边的燕子：我不是

灯，我是火灾
燕子交叉地

穿过
诗人的胳膊
落入家具的间间新房
只当诗人就是笨马
过早地死在□[1]上

3. 包谷地

丑女人脊背上有条条花蛇
花蛇滑下，她就坐在那儿繁殖包谷
幸福又痛苦
我要说
没有男人能配得上她

丑女人脊背上有种种命运
命运降临，她只坐在那儿繁殖包谷
河水泛滥流过无数美丽的女人
我要说
没有女人能比得上她

---

① 原稿中有脱字。——编者注

4. 母亲的姻缘

一碗泥
一碗水
半截木梳插在地上
母亲的姻缘
真是好姻缘

村庄，村庄
木桶中女婴摇晃
村庄，村庄
母亲的姻缘
真是好姻缘

鱼尾之上
灯盏敲门
一团泥巴走进屋来
母亲的姻缘
真是好姻缘

白鱼流过
桃树树根
嘴唇碰破在桃花上

母亲的姻缘
真是好姻缘

秤杆上天空的星星压住
半两土
半两雪
母亲的姻缘
真是好姻缘

她沉在何方
谁也不清楚
村庄中一枚痛苦的小戒指
母亲的姻缘
真是好姻缘

5. 手

离开劳动
和爱情，我的手
变成自我安慰的狗
这两只狗
一样的

孤独
在我脸上摸索
擦掉泪水
这是不是我的狗
是不是我最后的家乡的狗?

6. 鱼

村民像牛一样撞进屋子，亲他的妻子
又数着
十二粒麦种
内陆深处
我跪在一条鱼身上
整个村庄是我的儿子

再长的爱情也不算久
噢你刚好被我想起
我在鱼身上写下少女的名字
一边询问一边自己回答
女巫的嘴唇一开一合
真诚的爱情
真诚的爱情错误百出

整个村庄是你的儿子

河流噢河
再美的爱情也不像花朵
人类的泪水养家糊口
人类的泪水中
鱼群像草一样生长
泪水噢河
整个村庄是我们的儿子
村民像牛一样撞进屋子，亲他的妻子

船尾之梦

上游祖先吹灯后死去
只留下
河水
有一根桨
像黄狗守在我的船尾

船尾
月亮升了，升过婴儿头顶
做梦人
脚趾一动不动
踩出没人看见的足迹

做梦人脊背冒汗

而婴儿睡在母亲怀里
睡在一只大鞋里
我的鞋子更大
我睡在船尾
月亮升了

月亮打树，无风自动
生物潜入河流或身体
梦见人类，无风自动

1985. 7. 12

海上婚礼

海湾
蓝色的手掌
睡满了沉船和岛屿
一对对桅杆
在风上相爱
或者分开

风吹起你的
头发
一张棕色的小网
撒满我的面颊
我一生也不想挣脱

或者如传说那样
我们就是最早的
两个人
住在遥远的阿拉伯山崖后面
苹果园里
蛇和阳光同时落入美丽的小河

你来了

一只绿色的月亮

掉进我年轻的船舱

民间艺人

平原上有三个瞎子
要出远门

红色的手鼓在半夜
突然敲响

并没有死人
并没有埋下枣木拐杖

敲响，敲响
心在最远的地方沉睡

平原上有三个瞎子
要出远门

那天夜里
摸黑吃下高粱饼

1984. 11

十四行：王冠

我所热爱的少女
河流的少女
头发变成了树叶
两臂变成了树干

你既然不能做我的妻子
你一定要成为我的王冠
我将和人间的伟大诗人一同佩戴
用你美丽叶子缠绕我的竖琴和箭袋

秋天的屋顶　时间的重量
秋天又苦又香
使石头开花　像一顶王冠

秋天的屋顶又苦又香
空中弥漫着一顶王冠
被劈开的月桂和扁桃的苦香

1987.8.19夜

昌平柿子树

柿子树
镇子边的柿子树

枝叶稀疏的秋之树
我只能站在路口望着她

在镇子边的小村庄
有两棵秋天的柿子树

柿子树下
不是我的家

秋之树
枝叶稀疏的秋之树

1987. 11. 2

太平洋上的贾宝玉

贾宝玉　太平洋上的贾宝玉
太平洋上：粮食用绳子捆好
贾宝玉坐在粮食上

美好而破碎的世界
坐在食物和酒上
美好而破碎的世界，你口含宝石
只有这些美好的少女，美好而破碎的世界，旧世界
只有茫茫太平洋上这些美好的少女
太平洋上粮食用绳子捆好
从山顶洞到贾宝玉用尽了多少火和雨

1989

春天的夜晚和早晨

夜里
我把古老的根
背到地里去
青蛙绿色的小腿月亮绿色的眼窝
还有一枚绿色的子弹壳，绿色的
在我脊背上
纷纷开花

早晨
我回到村里
轻轻敲门
一只饮水的蜜蜂
落在我的脖子上
她想
我可能是一口高出地面的水井
妈妈打开门
隔着水井
看见一排湿漉漉的树林
对着原野和她

整齐地跪下
妈妈——他们嚷着——
妈妈

1984. 10

不要问我那绿色是什么

头发
灌满阳光和大沙
我是荒野上第一根被晒坏的石柱
耕种黑麦
不要问我那绿色是什么

小鸟像几管颜料
粘住我的面颊
树下有一些穿着服装的陌生人
那时我已走过青海湖，影子滑过钢蓝的冰大坂
不要问我那绿色是什么

木筐挑着土
一步迈上秦岭
秦岭，最初的山
仍然在回忆我们，一窝黄黑的小脑袋——孩子啊
不要问我那绿色是什么

我避开所有的道路

最后长成
站在风熏寓言的石墓上
长成
不要问我那绿色是什么

1984. 12

坐在纸箱上想起疯了的朋友们

旧菊花安全
旧枣花安全
扪摸过的一切
都很安全

地震时天空很安全
伴侣很安全
喝醉酒时酒杯很安全
心很安全

1986. 2

让我把脚丫搁在黄昏中一位木匠的工具箱上

我坐在中午，苍白如同水中的鸟
苍白如同一位户内的木匠
在我钉成一支十字木头的时刻
在我自己故乡的门前
对面屋顶的鸟
有一只苍老而死

是谁说，寂静的水中，我遇见了这只苍老的鸟

就让我歇脚在马厩之中
如果不是因为时辰不好
我记得自己来自一个更美好的地方
让我把脚丫搁在黄昏中一位木匠的工具箱上
或者让我的脚丫在木匠家中长成一段白木
正当鸽子或者水中的鸟穿行于未婚妻的腹部
我被木匠锯子锯开，做成木匠儿子
的摇篮。十字架

1986. 6. 15

辑二

姐姐，
今夜我不关心人类，我只想你

……………………………………

日记

生日

小山素描之恋歌

肉体（之一）

肉体（之二）

为了美丽

以梦为马（或祖国）

死亡之诗（之一）

死亡之诗（之二：采摘葵花）

秋日山谷

夏天的太阳

麦地（或遥远）

给卡夫卡

献给太平洋

九首诗的村庄

歌：阳光打在地上

长发飞舞的姑娘（五月之歌）

吊半坡并给擅入都市的农民

神秘的二月的时光

莫扎特在《安魂曲》中说

———

日记

姐姐，今夜我在德令哈，夜色笼罩
姐姐，我今夜只有戈壁

草原尽头我两手空空
悲痛时握不住一颗泪滴
姐姐，今夜我在德令哈
这是雨水中一座荒凉的城

除了那些路过的和居住的
德令哈……今夜
这是唯一的，最后的，抒情。
这是唯一的，最后的，草原。

我把石头还给石头
让胜利的胜利
今夜青稞只属于她自己
一切都在生长

今夜我只有美丽的戈壁　空空
姐姐，今夜我不关心人类，我只想你

1988. 7. 25 火车经德令哈

生日

起风了
太阳的音乐　太阳的马

你坐在近处　坐在远方
像鱼群跟着渔夫　长出了乳房
葡萄牙村庄　长出了乳房
牧羊人的皮鞭　长出了乳房

当我们住在秋天
大地上刮起了秋风
秋天的雨　一阵又一阵
你坐在近处　坐在远方

那时我们多么寂寞
多么遥远啊？

而现在是生日
我点亮烛火点亮新娘的两只耳朵

其他的人和马的耳朵
竖在北方——那一夜的屋顶

1988. 5 删

小山素描之恋歌

你们年轻
小伙子，姑娘
在高度挽留你们的地方
你们却用热恋中的目光
在荆丛中描出一条路
你们还用情歌
将我的寂寞静默
解开，从胸前滑下去
我于是开朗起来

我是站着的
生下来就这样
因而高大
线条是粗犷的
你们却把它和细腻的少年情爱
系在一起
你们摇着对方的肩膀
不在乎我的年纪和僵硬的面孔
在我身上笑着闹着

你们勇敢

是一种献身的勇敢

我的沉重的呼吸和黄沙

未能阻止你们的嬉笑

却使你们越挨越近

我感到我的脉搏和着你们的两颗年轻的心

一起激荡，越来越响

肉体（之一）

在甜蜜果仓中
一枚松鼠肉体般甜蜜的雨水
穿越了天空　蓝色
的羽翼

光芒四射

并且在我的肉体中
停顿了片刻

落到我的床脚
在我手能摸到的地方
床脚变成果园温暖的树桩

它们抬起我
在一只飞越山梁的大鸟
我看见了自己
一枚松鼠肉体

般甜蜜的雨水

在我的肉体中停顿
了片刻

1986. 6

肉体（之二）

肉体美丽
肉体是树林中
唯一活着的肉体
肉体美丽

肉体，远离其他的财宝
远离其他的神秘兄弟

肉体独自站立
看见了鸟和鱼

肉体睡在河水两岸
雨和森林的新娘
睡在河水两岸

垂着谷子的大地上
太阳和肉体
一升一落，照耀四方
像寂静的

节日的
财宝和村庄
照耀

只有肉体美丽

野花，太阳明亮的女儿
河川和忧愁的妻子
感激肉体来临
感激灵魂有所附丽
（肉体是野花的琴
盖住骨骼的酒杯）

感激我自己沉重的骨骼
也能做梦

肉体是河流的梦
肉体看见了采茴香的人迎着泉水

肉体美丽
肉体是树林中
唯一活着的肉体
死在树林里
迎着墓地
肉体美丽

1986

为了美丽

为了美丽
我砸了一个坑
也是为了下雨

清亮的积水上
高一只
低一只
小雨儿如鸟

羽毛湿湿
掀动你的红头巾
都是为了美丽

摸着裤带的小男孩
那时刻
戴一只黑帽子

1985. 1

以梦为马（或祖国）

我要做远方的忠诚的儿子
和物质的短暂情人
和所有以梦为马的诗人一样
我不得不和烈士和小丑走在同一道路上

万人都要将火熄灭　我一人独将此火高高举起
此火为大　开花落英于神圣的祖国
和所有以梦为马的诗人一样
我藉此火得度一生的茫茫黑夜

此火为大　祖国的语言和乱石投筑的梁山城寨
以梦为上的敦煌——那七月也会寒冷的骨骼
如雪白的柴和坚硬的条条白雪　横放在众神之山
和所有以梦为马的诗人一样
我投入此火　这三者是囚禁我的灯盏　吐出光辉

万人都要从我刀口走过　去建筑祖国的语言
我甘愿一切从头开始
和所有以梦为马的诗人一样

我也愿将牢底坐穿

众神创造物中只有我最易朽　带着不可抗拒的死亡的速度
只有粮食是我珍爱　我将她紧紧抱住　抱住她　在故乡生儿
　育女
和所有以梦为马的诗人一样
我也愿将自己埋葬在四周高高的山上　守望平静家园

面对大河我无限惭愧
我年华虚度　空有一身疲倦
和所有以梦为马的诗人一样
岁月易逝　一滴不剩　水滴中有一匹马儿一命归天

千年后如若我再生于祖国的河岸
千年后我再次拥有中国的稻田　和周天子的雪山
　天马踢踏
和所有以梦为马的诗人一样
我选择永恒的事业

我的事业　就是要成为太阳的一生
他从古至今——“日”——他无比辉煌无比光明
和所有以梦为马的诗人一样
最后我被黄昏的众神抬入不朽的太阳

太阳是我的名字
太阳是我的一生
太阳的山顶埋葬　诗歌的尸体——千年王国和我
骑着五千年凤凰和名字叫“马”的龙——我必将失败
但诗歌本身以太阳必将胜利①

1987

① 此处“以”，即“以太阳的名义”。原稿如此。——编者注

死亡之诗（之一）

漆黑的夜里有一种笑声笑断我坟墓的木板
你可知道，这是一片埋葬老虎的土地

正当水面上渡过一只火红的老虎
你的笑声使河流漂浮
的老虎
断了两根骨头
正在这条河流开始在存有笑声的黑夜里结冰
断腿的老虎顺河而下，来到我的
窗前

一块埋葬老虎的木板
被一种笑声笑断两截

死亡之诗（之二：采摘葵花）

——给凡·高的小叙事：自杀过程

雨夜偷牛的人
爬进了我的窗户
在我做梦的身子上
采摘葵花

我仍在沉睡
在我睡梦的身子上
开放了彩色的葵花
那双采摘的手
仍像葵花田中
美丽笨拙的鸽子

雨夜偷牛的人
把我从人类
身体中偷走
我仍在沉睡
我被带到身体之外
葵花之外，我是世界上

第一头母牛（死的皇后）
我觉得自己很美
我仍在沉睡

雨夜偷牛的人
于是非常高兴
自己变成了另外的彩色母牛
在我的身体中
兴高采烈地奔跑

秋日山谷

我手捧秋天脱下的盔甲
崇山峻岭大火熊熊
秋天宛若昨天的梦境
我们脱落的睫毛　在山谷变成火把

照亮百花凋零的山谷
把她们变幻无常的一生做成酒精
那是秋天的灯　凛然神采坐在远方
那是醉卧荒山野岭的我们……

……饱经四季的摧残
在山谷，我们的头颅在夜里变成明亮的灯盏和酒杯
相互照亮和祝福之后
此刻我们就要逃遁

1987

夏天的太阳

夏天
如果这条街没有鞋匠

我就打赤脚
站在太阳下看太阳

我想到在白天出生的孩子
一定是出于故意

你来人间一趟
你要看看太阳

和你的心上人
一起走在街上

了解她
也要了解太阳

(一组健康的工人

正午抽着纸烟）

夏天的太阳
太阳

当年基督入世
也在这太阳下长大

1985. 1

麦地（或遥远）

发自内心的困扰　饱含麦粒的麦地
内心暴烈
麦粒在手上缠绕

麦粒　大地的裸露
大地的裸露　在家乡多孤独
坐在麦地上忘却粮仓　歉收或充盈的痛苦
谷仓深处倾吐一句真挚的诗　亲人的询问

幸福不是灯火
幸福不能照亮大地
大地遥远　清澈镌刻
痛苦
海水的光芒
映照在绿色粮仓上
鱼鲜撞动

沙漠之上的雪山

天空的刀刃

冰川　散开大片羽毛的光

大片的光　在河流上空　痛苦地飞翔

给卡夫卡

囚徒核桃的双脚

在冬天放火的囚徒
无疑非常需要温暖
这是亲如母亲的火光
当他被身后的几十根玉米砸倒
在地，这无疑又是
富农的田地

当他想到天空
无疑还是被太阳烧得一干二净
这太阳低下头来，这脚镣明亮
无疑还是自己的双脚，如同核桃
埋在故乡的钢铁里
工程师的钢铁里

1986. 6. 16

献给太平洋

我的婚礼染红太平洋
我的新娘是太平洋
连亚洲也是我悲伤而平静的新娘
你自己的血染红你内部孤独的天空

上帝悲伤的新娘，你自己的血染红
天空，你内部孤独的海洋
你美丽的头发
像太平洋的黄昏

1989. 2

九首诗的村庄

秋夜美丽
使我旧情难忘
我坐在微温的地上
陪伴粮食和水
九首过去的旧诗
像九座美丽的秋天下的村庄
使我旧情难忘

大地在耕种
一语不发，住在家乡
像水滴、丰收或失败
住在我心上

1987

歌：阳光打在地上

阳光打在地上
并不见得
我的胸口在疼
疼又怎样
阳光打在地上

这地上
有人埋过羊骨
有人运过箱子、陶瓶和定石
有人见过牧猪人，那是长久的漂流之后
阳光打在地上，阳光依然打在地上

这地上
少女们多得好像
我真有这么多女儿
真的曾经这样幸福
用一根水勺子
用小豆、菠菜、油菜

把她们养大
阳光打在地上

1986

长发飞舞的姑娘（五月之歌）

玫瑰谢了，玫瑰谢了
如早嫁的姐妹飘落，飘落四方
我红色的姐姐，我白色的妹妹
大地和水挽留了她们　熄灭了她们
她们黯然熄灭，永远沉默却是为何？
姐妹们，你们能否告诉我
你们永久的沉默是为了什么

长发飞舞的黑眼睛姑娘
不像我的姐姐　也不像妹妹
不似早嫁的姐妹迟迟不归

如今我坐在街镇的一角
为你歌唱，远离了五谷丰盛的村庄

1987. 5

吊半坡并给擅入都市的农民

我
径直走入
潮湿的泥土
堆起小小的农民
——对粮食的嘴
停留在西安　多少首饰的外围
多少次擅入都市
像水　血和酒——这些农夫的车辆
运送着河流、生命和欲望
父亲是死在西安的血
父亲是粮食
和丑陋的酿造者
唱歌的嘴　食盐的嘴　填充河岸的嘴
朝向无穷的半坡
粘土守着粘土之上小小的陶器作坊
在一条肤浅而粗暴的沟外站立

瓮内的白骨飞走了那些美丽少女
半坡啊，再说，受孕也不是我一人的果实

实在需要死亡的配合

盲目的语言中有血和命运
而俘虏回乡
自由的血也有死亡的血
智慧的血也有罪恶的血

1985. 11 草稿
1987. 7. 14 改

神秘的二月的时光

噙住泪水，在神秘的
二月的时光

神秘的二月的时光
经过北方单调的平原
来到积雪的山顶
群山正在下雪
山坳中梅树流淌着今年冬天的血
无人知道的，寂静的鲜血

1989. 2

莫扎特在《安魂曲》中说

我所能看见的妇女
水中的妇女
请在麦地之中
清理好我的骨头
如一束芦花的骨头
把它装在琴箱里带回

我所能看见的
洁净的妇女，河流
上的妇女
请把手伸到麦地之中

当我没有希望
坐在一束麦子上回家
请整理好我那零乱的骨头
放入那暗红色的小木柜。带回它
像带回你们富裕的嫁妆

辑三

没有任何夜晚能使我沉睡，
没有任何黎明能使我醒来
……………………………………

黎明

黎明（之二）

黎明（之三）

黎明和黄昏

秋日黄昏

献诗

大风

西藏

村庄

天鹅

青海湖

黄金草原

怅望祁连（之一）

怅望祁连（之二）

给托尔斯泰

黑夜的献诗

一滴水中的黑夜

无名的野花

美丽白杨树

北方的树林

北斗七星　七座村庄

我，以及其他的证人

黎明

黎明以前的深水杀死了我。

月光照耀仲夏之夜的脖子
秋天收割的脖子。我的百姓

秋天收起八九尺的水
水深杀我，河流的丈夫
收起我的黎明之前的头

黎明之前的亲人抱玉入楚国
唯一的亲人
黎明之前双腿被砍断

秋天收起他的双腿
像收起八九尺的水

那是在五月。黎明以前的深水杀死了我

1986. 6. 20

黎明（之二）

（二月的雪，二月的雨）

我把天空和大地打扫干干净净
归还给一个陌不相识的人
我寂寞地等，我阴沉地等
二月的雪，二月的雨

泉水白白流淌
花朵为谁开放
永远是这样美丽负伤的麦子
吐着芳香，站在山冈上

荒凉大地承受着荒凉天空的雷霆
圣书上卷是我的翅膀，无比明亮
有时像一个阴沉沉的今天
圣书下卷肮脏而欢乐
当然也是我受伤的翅膀
荒凉大地承受着更加荒凉的天空

我空荡荡的大地和天空

是上卷和下卷合成一本
的圣书，是我重又劈开的肢体
流着雨雪、泪水在二月

1989. 2. 22

黎明（之三）

黎明手捧亲生儿子的鲜血的杯子
捧着我，光明的孪生兄弟
走在古波斯的高原地带
神圣经典的原野
太阳的光明像洪水一样漫上两岸的平原
抽出剑刃般光芒的麦子
走遍印度和西藏
从那儿我长途跋涉　走遍印度和西藏
在雪山、乱石和狮子之间寻求
天空的女儿和诗
波斯高原也是我流放前故乡的山巅

采纳我光明言辞的高原之地
田野全是粮食和谷仓
覆盖着深深的怀着怨恨
和祝福的黑暗母亲
地母啊，你的夜晚全归你
你的黑暗全归你，黎明就给我吧
让少女佩戴花朵般鲜嫩的嘴唇

让少女为我佩戴火焰般的嘴唇

让原始黑夜的头盖骨掀开

让神从我头盖骨中站立

一片战场上血红的光明冲上了天空

火中之火，

他有一个粗糙的名字：太阳

和革命，她有一个赤裸的身体

在行走和幻灭

1987.9.26夜草稿

1989.3.1夜改

黎明和黄昏

——两次嫁妆，两位姐妹

黄昏自我断送
夜色美好
夜色在山上越长越大

马与羊　钻出石头　在山上越长越大

白雪飘落　在这个黄昏
向我隐隐献出
她们自己

我的秘密的女神
我该用怎样的韵律
告诉你，侍奉你
我该用怎样的流血
在山头舔好自己的伤口
了望一望无际的大地
以此慰藉

以“遗忘”为伴侣
我将把自己带出那些可以辨认嘴脸的火把之光
从此踏上无可救药的道路

把肉体当作草原上最后的帐篷
那些神秘的编织女人
纺轮被黄昏的天空映得泛红
血液颜色的轮轴　一夜作响

我屈从于她们
死于剑下的晚霞的姐妹
在夜色中起飞
我屈从于黄昏秘密的飞行
肉体回到黑夜的高空

两半血红的月亮抱在一起
迟至今日
我仍难以诉说

那些背叛父母和家园
却热爱生活的人

为什么要和我结伴上路

我的青春　我的几卷革命札记
被道路上的难民镌刻在一只乞讨生活的木碗上
那只碗曾盛过殷红如血的晚霞和往日一切生活

在死到临头
他是否摔碎
还是留传孩子

晚霞燃烧
厄运难逃
我在人生的尽头
抱住一位宝贵的诗人痛哭失声
却永远无法更改自己的命运

我就是那位被人拥抱的诗人
宝贵的诗人
看见晚霞映照草原
内心痛苦甚于别人

人类犹如黄昏和夜晚的灰烬
散布在河畔　忧伤疲倦
人类犹如火种的脚　在大地上行走

晚霞充满大火
和焦味。一望无际
伸展在平原和荒凉的海滩
两半血红的月亮抱在一起
那是诗人孤独的王座

愿有情人终成眷属
愿麦子和麦子长在一起
愿河流与河流流归一处

浩瀚无际的河水顺着夜色流淌
神秘的流浪国王
在夜色中回到故乡

城市破碎
流浪的国王
我为你歌唱

夜色使平原广大　使北方无限　使烈火吹遍
把北方无尽的黄昏抬向滚滚高空
黎明更高　铺在海洋上

1987

秋日黄昏

火焰的顶端
落日的脚下
茫茫黄昏　华美而无上
在秋天的悲哀中成熟

日落大地　大火熊熊　烧红地平线滚滚而来
使人壮烈　使人光荣与寿同在　分割黄昏的灯
百姓一万倍痛感黑夜来临
在心上滚动万寿无疆的言语

时间的尘土　抱着我
在火红的山冈上跳跃
没有谁来应允我
万寿无疆或早夭襁褓

相反的是　这个黄昏无限痛苦
无限漫长　令人痛不欲生
切开血管
落日殷红

愿有情人终成眷属

愿爱情保持一生

或者相反　极为短暂　匆匆熄灭

愿我们从此再不提起

再不提起过去

痛苦与幸福

生不带来　死不带去

唯黄昏华美而无上。

1987. 9. 3 草稿

1987. 10. 4 改

献诗

废弃不用的地平线
为我在草原和雪山升起
脚下尘土黑暗而温暖
大地也将带给我天堂的雷电

家乡的屋顶下摆满了结婚的酒席
陪伴我的全是海水和尘土，全是乡亲
今天，太阳的新娘就是你
太平洋上唯一的人，远在他方

1989. 2. 9

大风

起风的黄昏好像去年秋天
树木损伤的香味弥漫四周

想她头发飘飘
面颊微微发凉
守着她的母亲
抱着她的女儿
坐在盆地中央
坐在她的家中

黄昏幽暗降临
大风刮过天空
万风之王起舞
化为树木受伤

1988. 2. 4

西藏

西藏，一块孤独的石头坐满整个天空
没有任何夜晚能使我沉睡
没有任何黎明能使我醒来

一块孤独的石头坐满整个天空
他说：在这一千年里我只热爱我自己

一块孤独的石头坐满整个天空
没有任何泪水使我变成花朵
没有任何国王使我变成王座

1988. 8

村庄

村庄里住着
母亲和儿子
儿子静静地长大
母亲静静地注视

芦花丛中
村庄是一只白色的船
我妹妹叫芦花
我妹妹很美丽

1984

天鹅

夜里，我听见远处天鹅飞越桥梁的声音
我身体里的河水
呼应着她们

当她们飞越生日的泥土、黄昏的泥土
有一只天鹅受伤
其实只有美丽吹动的风才知道
她已受伤。她仍在飞行

而我身体里的河水却很沉重
就像房屋上挂着的门扇一样沉重
当她们飞过一座远方的桥梁
我不能用优美的飞行来呼应她们

当她们像大雪飞过墓地
大雪中却没有路通向我的房门
——身体没有门——只有手指
竖在墓地，如同十根冻伤的蜡烛

在我的泥土上
在生日的泥土上
有一只天鹅受伤
正如民歌手所唱

青海湖

这骄傲的酒杯
为谁举起
荒凉的高原

天空上的鸟和盐　为谁举起

波涛从孤独的十指退去
白鸟的岛屿，儿子们围住
在相距遥远的肮脏镇上。

一只骄傲的酒杯
青海的公主　请把我抱在怀中
我多么贫穷，多么荒芜，我多么肮脏
一双雪白的翅膀也只能给我片刻的幸福

我看见你从太阳中飞来

蓝色的公主　青海湖
我孤独的十指化为天空上雪白的鸟

1988. 7. 25

黄金草原

草原上的羊群
在水泊上照亮了自己
像白色温柔的灯
睡在男人怀抱中

而牧羊人来自黄金草原
头颅像一颗树根
把羊抱进谷仓里
然后面对黄金和酒杯
称呼你为女人

女人，我知心的朋友
风吹来风吹去
你如星的名字
或者羊肉的腥

你在山崖下睡眠
七只绵羊七颗星辰

你含在我口中似雪未化

你是天空上的羊群

怅望祁连（之一）

那些是在过去死去的马匹
在明天死去的马匹
因为我的存在
它们在今天不死
它们在今天的湖泊里饮水食盐

天空上的大鸟
从一颗樱桃
或马骷髅中
射下雪来
于是马匹无比安静
这是我的马匹
它们只在今天的湖泊里饮水食盐

1986

怅望祁连（之二）

星宿　刀　乳房
这就是雪山上流下来的东西
　　“亡我祁连山，使我牛羊不蕃息
　　失我胭脂山，令我妇女无颜色”
只有黑色牲畜的尾巴
鸟的尾巴
鱼的尾巴
儿子们脱落的尾巴
像七种蓝星下
插在屁股上的麦芒
风中拂动
雪水中拂动

1986

给托尔斯泰

我想起你如一位俄国农妇暴跳如雷
补一只旧鞋的
手
时时停顿
这手掌混同于
兵士的臭脚、马肉和盐
你的灰色头颅一闪而过
教堂的裸麦中央
北方流注的河流马的脾气暴跳如雷
胸膛上面排排旧俄的栅栏暴跳如雷
低矮的天空、灯火和农妇暴跳如雷

吹灭云朵
吹灭火焰
吹灭灯盏
吹灭一切妓女
和善良女人的
嘴唇

你可以耕地，补补旧鞋
你可以爱他人，读读福音书
我记得陈旧的河谷端坐老人
端坐暴跳如雷的老人

1985. 12 草摘
1986. 12 修改

黑夜的献诗

献给黑夜的女儿

黑夜从大地上升起
遮住了光明的天空
丰收后荒凉的大地
黑夜从你内部上升

你从远方来，我到远方去
遥远的路程经过这里
天空一无所有
为何给我安慰

丰收之后荒凉的大地
人们取走了一年的收成
取走了粮食骑走了马
留在地里的人，埋得很深

草杈闪闪发亮，稻草堆在火上
稻谷堆在黑暗的谷仓
谷仓中太黑暗，太寂静，太丰收

也太荒凉，我在丰收中看到了阎王的眼睛

黑雨滴一样的鸟群
从黄昏飞入黑夜
黑夜一无所有
为何给我安慰

走在路上
放声歌唱
大风刮过山冈
上面是无边的天空

1989. 2. 2

一滴水中的黑夜

一滴水中的黑夜
一滴泪水中的全部黑夜

一滴无名的泪水
在乡村长大的泪水
飞在乡村的黑夜
山坡上，几棵冬天的草

看见四海龙王　在黄昏之后
举起一片淹没了野鸽子的
漆黑的像黑夜的海水
一样的天空

海水把你推上岸来
一滴水中的黑夜
推到我的怀抱
朝夕相伴，如痴如醉

一滴泪水有她自己的笑容

就像黑夜中闪闪的星星
这些陌生人系好了自己的马
在女王广大的田野和树林

1988. 2. 11

无名的野花

看不见你，十六岁的你
看不见无名的，芳香的
正在开花的你。

看不见提着鞋子　在雨中
走在大草原上的
恍惚的女神

看不见你，小小的年纪
一身红色地走在
空荡荡的风中

来到我身边，
你已经成熟，
你的头发垂下像黑夜。
我是黑夜中孤独的僧侣
埋下种籽在石窟中，
我将这九盏灯
嵌入我的肋骨。

无论是白色的还是绿色的
起自天堂或地府的
青海湖上的大风
吹开了紫色血液
开上我的头颅，
我何时成了这一朵
无名的野花？

1988. 11. 2

美丽白杨树

灵魂像山腰或山顶四只恼人的蹄子
移动步履，幻变无常的人类
可还记得白色的杨树　平静而美丽

可还记得　一阵雷声　自远方滚来
高高的天空回荡天堂的声响

幻变无常的人类　可还记得
闪电和雨水中的　白色杨树

在你的河岸上　女人　月亮　马　匆匆而去
四只蹄子在你的河岸上
拥有一间雪中的屋子　婚姻　或一面镜子
这就是大地上你全部的居所

难忘有一日歇脚白杨树下
白色美丽的树！
在黄金和允诺的地上
陪伴花朵和诗歌　静静地开放　安详地死亡

美丽的白杨树　这是一位无名的诗人
使女儿惊讶　而后长成幸福的主妇　不免终老于斯
这是一位无名的诗人使女儿惊讶
美丽的白杨树
这多像弟弟和父亲对她们的忠实

1987. 5. 7

北方的树林

槐树在山脚开花
我们一路走来
躺在山坡上　感受茫茫黄昏
远山像幻觉　默默停留一会

摘下槐花
槐花在手中放出香味
香味　来自大地无尽的忧伤
大地孑然一身　至今仍孑然一身

这是一个北方暮春的黄昏
白杨萧萧　草木葱茏
淡红色云朵在最后静止不动
看见了饱含香脂的松树

是啊，山上只有槐树　杨树和松树
我们坐下　感受茫茫黄昏

莫非这就是你我的黄昏

麦田吹来微风　顷刻沉入黑暗

1987. 5

北斗七星　七座村庄

——献给萍水相逢的额济纳姑娘

村庄水上运来的房梁　漂泊不定
还有十天　我就要结束漂泊的生涯
回到五谷丰盛的村庄　废弃果园的村庄
村庄　是沙漠深处你所居住的地方　额济纳！

秋天的风早早地吹　秋天的风高高地吹
静静面对额济纳
白杨树下我吹灭你的两只眼睛
额济纳　大沙漠上静静的睡

额济纳姑娘　我黑而秀美的姑娘
你的嘴唇在诉说　在歌唱
五谷的风儿吹过骆驼和牛羊
翻过沙漠　你是镇子上最令人难忘的姑娘

1986

我，以及其他的证人

故乡的星和羊群
像一支支白色美丽的流水
跑过
小鹿跑过
夜晚的目光紧紧追着

在空旷的野地上，发现第一枝植物
脚插进土地
再也拔不出
那些寂寞的花朵
是春天遗失的嘴唇

为自己的日子
在自己的脸上留下伤口
因为没有别的一切为我们作证

我和过去
隔着黑色的土地
我和未来

隔着无声的空气

我打算卖掉一切
有人出价就行
除了火种、取火的工具
除了眼睛
被你们打得出血的眼睛

一只眼睛留给纷纷的花朵
一只眼睛永不走出铁铸的城门
黑井

1984. 6

辑四

不要说心中有一个地方，
那是我一直不敢梦见的地方
……………………………………

月光

雨

雨鞋

晨雨时光

野花

桃花

春天

木鱼儿

自画像

大自然

喜马拉雅

七月不远

桃花时节

我感到魅惑

太平洋的献诗

活在珍贵的人间

幸福（或我的女儿叫波兰）

献诗

给安庆

给母亲（组诗）

月光

今夜美丽的月光　你看多好！
照着月光
饮水和盐的马
和声音

今夜美丽的月光　你看多美丽
羊群中　生命和死亡宁静的声音
我在倾听！

这是一支大地和水的歌谣，月光！

不要说　你是灯中之灯　月光！

不要说心中有一个地方
那是我一直不敢梦见的地方
不要问　桃子对桃花的珍藏
不要问　打麦大地　处女　桂花和村镇
今夜美丽的月光　你看多好！

不要说死亡的烛光何须倾倒
生命依然生长在忧愁的河水上
月光照着月光　月光普照
今夜美丽的月光合在一起流淌

1986. 2 初稿
1987. 5 改

雨

打一只火把走到船外去看山头被雨淋湿的麦地
又弱又小的麦子

然后在神像前把火把熄灭
我们沉默地靠在一起
你是一个仙女，住在庄园的深处

月亮　你寒冷的火焰　你雨衣中裸体少女依然新鲜

今天夜晚的火焰穿戴得像一朵鲜花
在南方的天空上游泳
在夜里游泳，越过我的头顶

高地的小村庄又小又贫穷
像一棵麦子
像一把伞
雨中裸体少女沉默不语

贫穷孤独的少女　像女王一样　住在一把伞中

阳光和雨水只能给你尘土和泥泞

你在伞中，躲开一切

拒绝泪水和回忆

雨鞋

我的双脚在你之中
就像火走在柴中

雨鞋和羊和书一起塞进我的柜子
我自己被塞进相框，挂在故乡
那粘土和石头的房子，房子里用木生火
潮湿的木条上冒着烟
我把撕碎的诗稿和被雨打湿
改变了字迹的潮湿的书信
卷起来，这些灰色的信
我没有再读一遍
普希金将她们和拖鞋一起投进壁炉
我则把这些温暖的灰烬
把这些信塞进一双小雨鞋
让她们沉睡千年
梦见洪水和大雨

1987. 1. 12 达县

晨雨时光

小马在草坡上一跳一跳
这青色麦地晚风吹拂
在这个时刻　我没有想到
五盏灯竟会同时亮起

青麦地像马的仪态　随风吹拂
五盏灯竟会一盏一盏地熄灭

往后　雨会下到深夜　下到清晨
天色微明
山梁上定会空无一人

不能携上路程
当众人齐集河畔　高声歌唱生活
我定会孤独返回空无一人的山峦

1987. 5. 24

野花

野花
和平与情歌
的村庄
女儿的女儿
野花

中国丁香的少女！
在林中酣睡
长发似水
容貌美丽无比
你是囚禁在一颗褐色星球上孤独的情人！

野兽的琴
各色小鸟秘密的隐衷
大地彩色的屋顶
太小太美
如心

心啊

雨和幸福
的女儿
水滴爱你
伴侣爱你
我爱你
野花自己也爱你

1987.10

桃花

曙光中黄金的车子上
血红的，爆炸裂开的
太阳私生的女儿
在迟钝的流着血
像一个起义集团内部
草原上野蛮荒凉的弯刀

1989. 3. 15

春天

春天的时刻上登天空
舔着十指上的鲜血
春天空空荡荡
培养欲望　鼓吹死亡

风是这样大
尘土这样强暴
再也不愿从事埋葬
多少头颅破土而出

春天，残酷的春天
每一只手，每一位神
都鲜血淋淋
撕裂了大地胸膛

太阳啊
你那愚蠢的儿子呢
他去了何方
天空如此辽阔

烧死在悲痛的表面
大海啊
这阳光闪烁
的悲痛表面

秋天的儿子
他去了何方
千秋万代中那唯一的儿子
去了何方？

女儿内心充满仇恨和寒冷
想念你，爱着你，但看不见你
她没有你就像天空没有边缘
天空空空荡荡，一派生机
我们无可奈何
我们无法活在悲痛的中心

天空上的光明
你照亮我们
给我们温暖的生命
但我们不是为你而活着
我们活着只为了自我

也只有短暂的一个春天的早晨

愿你将我宽恕
愿你在这原始的中心安宁而幸福地居住
你坐在太阳中央把斧子越磨越亮，放着光明
愿你在一个宁静的早晨将我宽恕
将我收起在一个光明的中心
愿我在这个宁静的早晨随你而去
忘却所有的诗歌
我会在中心安宁地居住，就像你一样
把他的斧子越磨越亮，吃，劳动，舞蹈
沉浸于太阳的光明

在羊群踩出的道上是羊群的灵魂蜂拥而过
在豹子踩出的道上是豹子的灵魂蜂拥而过
哪儿有我们人类的通道
有着锐利感觉的斧子
像光芒　在我胸口
越磨越亮

太阳的波浪
隐隐作痛
我进入太阳

粗糙而光明

那前一个夜晚
人类携带妻子
疯狂奔跑四散
这是春天
这是最后的春天
他们去了何方?

天空辽阔
低垂黄昏
人类破碎
我内心混沌一片
我面对着春天
我就是她的鲜血和黑暗

我内心浑浊而宁静
我在这里粗糙而光明
大地啊
你过去埋葬了我
今天又使我复活

和春天一起

沉默在我内部
天空之火在我内部
吹向旷野
旷野自己照亮

在最后的时刻　海底
在最后的黎明之前　他们去了何方？

1987. 7 草稿
1988. 2 二稿
1989. 3 三稿

木鱼儿

八千年三万里
问你何在？

猫的笑声
穿过生锈的铁羽毛

青年人
暴晒土地

宝塔回到城市
车祸丛生

宝塔摸摸脖子
脖子莫非是别人的通道？

木鱼儿，木鱼儿
大劫后的鼻音

1984. 11

自画像

镜子是摆在桌上的
一只碗
我的脸
是碗中的土豆
嘿，从地里长出了
这些温暖的骨头

1984

大自然

让我来告诉你
她是一位美丽结实的女子
蓝色小鱼是她的水罐
也是她脱下的服装
她会用肉体爱你
在民歌中久久地爱你

你上上下下瞧着
你有时摸到了她的身子
你坐在圆木头上亲她
每一片木叶都是她的嘴唇
但你看不见她
你仍然看不见她

她仍在远处爱着你

喜马拉雅

高原悬在天空
天空向我滚来
我丢失了一切
面前只有大海

我是在我自己的远方
我在故乡的海底——
走过世界最高的地方
喜马拉雅　喜马拉雅

你是谁
饥饿
怀孕
把无尽的
滚过天空的头颅
放回天空

我从大海来到落日的中央
飞遍了天空找不到一块落脚之地

今日有粮食却没有饥饿
今天的粮食飞遍了天空

找不到一只饥饿的腹部
饥饿用粮食喂养
更加饥饿，奄奄一息
草原上的天空不可阻挡

嘴唇和我抱住河水
头颅和他的姐妹
在大河底部通向海洋
割下头颅的身子仍在世上
最高的一座山
仍在向上生长

七月不远

——给青海湖，请熄灭我的爱情

七月不远
性别的诞生不远
爱情不远——马鼻子下
湖泊含盐

因此青海不远
湖畔一捆捆蜂箱
使我显得凄凄迷人：
青草开满鲜花

青海湖上
我的孤独如天堂的马匹
（因此，天堂的马匹不远）

我就是那个情种：诗中吟唱的野花
天堂的马肚子里唯一含毒的野花
（青海湖，请熄灭我的爱情！）

野花青梗不远，医箱内古老姓氏不远
（其他的浪子，治好了疾病
已回原籍，我这就想去见你们）

因此跋山涉水死亡不远
骨骼挂遍我身体
如同蓝色水上的树枝

啊，青海湖，暮色苍茫的水面
一切如在眼前！

只有五月生命的鸟群早已飞去
只有饮我宝石的头一只鸟早已飞去
只剩下青海湖，这宝石的尸体
　　　　　　　　暮色苍茫的水面

1986

桃花时节

桃花开放
太阳的头盖骨一动一动，火焰和手从头中伸出
一群群野兽舔着火焰　刃
走向没落的河谷尽头
割开血口子。他们会把水变成火的美丽身躯

水在此刻是悬挂在空气的火焰
但在更深的地方仍然是水
翅膀血红，富于侵略
那就是独眼巨人的桃花时节
独眼巨人怀抱一片桃林

他看见的　全是人地在滔滔不绝地纵火
他在一只燃烧的胃的底部
与桃花骤然相遇
互为食物和王妻
在断头台上疯狂地吐火

乳房吐火

挂在陆地上

从笨重天空跌落的
撞在陆地上　撞掉了头撞烂了四肢
在春天　在亿万人民中间　在群兽吐火的地方
她们产生了幻觉
群兽吐火长出了花朵
群兽一排排　肉包着骨　长成树林
吐火就是花朵　多么美丽的景色

你在一种较为短暂的情形下完成太阳和地狱
内在的火，寒冷无声地燃烧
生出了河流两岸大地之上的姐妹
朝霞和晚霞

无声地在山峦间飘荡
我俩在高原　在命运三姐妹无声的织机织出的牧场上相遇

1987 初稿
1988 初改
1988 底再改
1989. 3. 14 再改

我感到魅惑

天上的音乐不会是手指所动
手指本是四肢安排的花豆
我的身子是一份甜蜜的田亩

我感到魅惑
我就想在这条魅惑之河上渡过我自己
我的身子上还有拔不出的春天的钉子

我感到魅惑
美丽女儿，一流到底
水儿仍旧从高向低

坐在三条白蛇编成的篮子里
我有三次渡过这条河
我感到流水滑过我的四肢
一只美丽鱼婆做成我缄默的嘴唇

我看见，风中飘过的女人
在水中产下卵来

一片霞光中露出来的长长的卵

我感到魅惑
满脸草绿的牛儿
倒在我那牧场的门厅

我感到魅惑
有一种蜂箱正沿河送来
蜂箱在睡梦中张开许多鼻孔

有一只美丽的鸟面对树枝而坐
我感到魅惑

我感到魅惑
小人儿，既然我们相爱
我们为什么还在河畔拔柳哭泣

1986. 9

太平洋的献诗

太平洋　丰收之后的荒凉的海
太平洋　在劳动后的休息
劳动以前　劳动之中　劳动以后
太平洋是所有的劳动和休息

茫茫太平洋　又混沌又晴朗
海水茫茫　和劳动打成一片
和世界打成一片
世界头枕太平洋
人类头枕太平洋　雨暴风狂
上帝在太平洋上度过的时光　是茫茫海水隐含不露的希望

太平洋没有父母　在太阳下茫茫流淌　闪着光芒
太平洋像是上帝老人看穿一切、眼角含泪的眼睛
眼泪的女儿，我的爱人
今天的太平洋不是往日的海洋
今天的太平洋只为我流淌　为着我闪闪发亮
我的太阳高悬上空　照耀这广阔太平洋

1989. 2. 2

活在珍贵的人间

活在这珍贵的人间
太阳强烈
水波温柔
一层层白云覆盖着
我
踩在青草上
感到自己是彻底干净的黑土块

活在这珍贵的人间
泥土高溅
扑打面颊
活在这珍贵的人间
人类和植物一样幸福
爱情和雨水一样幸福

1985. 1. 12

幸福（或我的女儿叫波兰）[①]

当我俩同在草原晒黑
是否饮下这最初的幸福　最初的吻

当云朵清楚极了
听得见你我嘴唇
这两朵神秘火焰

这是我母亲给我的嘴唇
这是你母亲给你的嘴唇
我们合着眼睛共同啜饮
像万里洁白的羊群共同啜饮

当我睁开双眼
你头发散乱
乳房像黎明的两只月亮

① 海子喜欢“波兰”一词，“女儿叫波兰”并无特别所指。——编者注

在有太阳的弯曲的木头上
晾干你美如黑夜的头发

1986（？）

献诗

——给 S

谁在美丽的早晨
谁在这一首诗中

谁在美丽的火中　飞行
并对我有无限的赠予

谁在炊烟散尽的村庄
谁在晴朗的高空

天上的白云
是谁的伴侣

谁身体黑如夜晚　两翼雪白
在思念　在鸣叫

谁在美丽的早晨
谁在这一首诗中

1987. 2. 11

给安庆

五岁的黎明
五岁的马
你面朝江水
坐下

四处漂泊
向不谙世事的少女
向安庆城中心神不定的姨妹
打听你，谈论你

可能是妹妹
也可能是姐姐
可能是姻缘
也可能是友情

1987

给母亲（组诗）

1. 风

风很美　果实也美
小小的风很美
自然界的乳房也美

水很美　水啊
无人和你
说话的时刻很美

你家中破旧的门
遮住的贫穷很美

风　吹遍草原
马的骨头　绿了

2. 泉水

泉水　泉水
生物的嘴唇
蓝色的母亲
用肉体
用野花的琴
盖住岩石
盖住骨头和酒杯

3. 云

母亲
老了，垂下白发
母亲你去休息吧
山坡上伏着安静的儿子
就像山腰安静的水
流着天空

我歌唱云朵
雨水的姐妹
美丽的求婚
我知道自己颂扬情侣的诗歌没有了用场

我歌唱云朵
我知道自己终究会幸福
和一切圣洁的人
相聚在天堂

4. 雪

妈妈又坐在家乡的矮凳子上想我
那一只凳子仿佛是我积雪的屋顶

妈妈的屋顶
明天早上
霞光万道
我要看到你
妈妈，妈妈
你面朝谷仓

脚踩黄昏
我知道你日见衰老

5. 语言和井

语言的本身
像母亲
总有话说，在河畔
在经验之河的两岸
在现象之河的两岸
花朵像柔美的妻子
倾听的耳朵和诗歌
长满一地
倾听受难的水

水落在远方

1984；1985 改；1986 再改

辑五

你是我的　半截的诗
半截用心爱着　半截用肉体埋着
……………………………………

半截的诗

果园

盲目

生殖

小站

感动

新娘

岁月

折梅

黑风

病少女

给萨福

八月之杯

冬天的雨

幸福的一日

麦地与诗人

马、火、灰——鼎

土地·忧郁·死亡

写给脖子上的菩萨

葡萄园之西的话语

———

半截的诗

你是我的
半截的诗
半截用心爱着
半截用肉体埋着
你是我的
半截的诗
不许别人更改一个字

果园

鹿的眼
两扇有婴儿啼哭
的窗户。沉积在
有河水的果园中
鹿的角
打下果实
打下果实中
劳动的妇人
体内美如白雪的婴儿
已被果园的火光
烧伤。妇人依然
低坐
比果树
比鹿
比夜晚
更低。更沉
比谷地更黑

盲目

——给维特根施坦

那个人躲在山谷里研究刑法
那个人打扰了语言本身
打扰了那个俘虏和园丁

扰乱了谷草的图案
那个人躲在山谷里
研究犯罪与刑法

那个人在寒冷草原搬动木桶
那个人牵着骆驼，模仿沉默的园丁
那个人咀嚼谷草犹如牲畜
那个人仿佛就是语言自身的饥饿

多欲的父亲
娶下饱满的母亲
在部落里怀孕
在酒馆里怀孕
在渔船上怀孕

船舱内消瘦的哲学家思索多欲的父亲
是多么懊恼

多欲的父亲　央求家宅存在　门窗齐全
多欲的父亲　在我们身上　如此使我们恼火

（挺矛而上的哲学家
是一个赤裸裸的人）

是我的裸体
骑上时间绿色的群马
冲向语言在时间中的饥饿和犯罪
那个人躲在山谷里研究刑法

1987. 7. 16

生殖

夜间雨从天堂滴落，滴到我的青色眼皮上
那夜的森林之门洞开若火焰咬在大腿上
一只长吻伸过万里动物的湖泊
人类咬紧牙关　音乐历历有声
四月之麦在黎明大雾弥漫中露出群仙般脑壳
雷声中　闪出一万只青蛙
血液的红马本像水　流过石榴和子宫
林子破了
人破口大骂
破门而出的感觉
构筑一个无人停留的小岛

我将告诉这些在生活中感到无限欢乐的人们
他们早已在千年的洞中一面盾上锈迹斑斑

1987（？）

小站

—— 毕业歌

我年纪很轻
不用向谁告别
有点感伤
我让自己静静地坐了一会儿

然后我出发
背上黄挎包
装有一本本薄薄的诗集
书名是一个僻静的小站名

小站到了
一盏灯淡得亲切
大家在熟睡
这样，我是唯一的人
拥有这声车鸣
它在深山散开
唤醒一两位敏感的山民
并得到隐约的回声

不用问
我们已相识
对话中成为真挚的朋友
向你们诉愿
是自自然然的事
我要到草原去
去晒黑自己
晒黑日记蓝色的封皮

去吧，朋友
那片美丽的牧场属于你
朋友，去吧

感动

早晨是一只花鹿
踩到我额上
世界多么好
山洞里的野花
顺着我的身子
一直烧到天亮
一直烧到洞外
世界多么好

而夜晚，那只花鹿
的主人，早已走入
土地深处，背靠树根
在转移一些
你根本无法看见的幸福
野花从地下
一直烧到地面
野花烧到你脸上
把你烧伤
世界多么好

早晨是山洞中
一只踩人的花鹿

1986

新娘

故乡的小木屋、筷子、一缸清水
和以后许许多多日子
许许多多告别
被你照耀

今天
我什么也不说
让别人去说
让遥远的江上船夫去说
有一盏灯
是河流幽幽的眼睛
闪亮着
这盏灯今天睡在我的屋子里

过完了这个月，我们打开门
一些花开在高高的树上
一些果结在深深的地下

1984. 7

岁月

直木头上
雨水已淡

营地的马
摇动尾巴
横拿月亮拨开木叶你走来
我突然想起一具陈旧的
箩筐

如今雨水已淡
瓮中未满
千秋，我怎么记得住
已经过去的一千个秋天

折梅

站在那里折梅花
山坡上的梅花
寂静的太平洋上一封信
寂静的太平洋上一人站在那里折梅花

折梅人在天上
天堂大雪纷纷　一人踏雪无痕
天堂和寂静的天山一样
大雪纷纷
站在那里折梅
亚洲，上帝的伞
上帝的斗篷，太平洋
太平洋上海水茫茫
上帝带给我一封信
是她写给我的信
我坐在茫茫太平洋上折梅，写信

1989. 2. 3

黑风

掠过田野的那黑风
那第四次的
口粮和旗帜
就要来了！

聚拢的马群将被劫走
星星将被吹散
他在所有的脚印上覆盖
一种新的草药
遗忘的就要永远被遗忘了
窗子忧伤地关上了
有一两盏橘黄朴素的灯也要熄灭
他们来了
他们是黑色的风

后来他们表达了一种失败的东西
他们留下苦苦创生的胚芽
他们哭了
把所有的人哭醒之后

又走了

走得奇怪

以后所有的早晨都非常奇怪

马儿长久地奔跑，太阳不灭，物质不灭

　　苹果突然熟了

还有一些我们熟悉的将要死去

我们不熟悉的慢慢生根

人们啊，所有交给你的

都异常沉重

你要把泥沙握得紧紧

在收获时应该微笑

没必要痛苦地提起他们

没必要忧伤地记住他们

1984. 12

病少女

白蛾子像美丽
黄昏的伤口
在诗人的眼里想起黄昏

听见村庄在外被风吹拂

当你一家三口走下月台
我端坐车中
如月球居民

病少女　无遮拦的盐碱地上的风
吹在你脸上

病少女　清澈如草
眉目清朗，使人一见难忘

听见了美丽村庄被风吹拂

我爱你的生病的女儿，陌生的父亲

1987.2

给萨福

美丽如同花园的女诗人们
相互热爱，坐在谷仓中
用一只嘴唇摘取另一只嘴唇

我听见青年中时时传言道：萨福

一只失群的
钥匙下的绿鹅
一样的名字。盖住
我的杯子

托斯卡尔的美丽的女儿
草药和黎明的女儿
执杯者的女儿

你野花
的名字
就像蓝色冰块上
淡蓝色的清水溢出

萨福萨福
红色的云缠在头上
嘴唇染红了每一片飞过的鸟儿
你散着身体香味的
鞋带被风吹断
在泥土里

谷色中的嘤嘤之声
萨福萨福
亲我一下

你装饰额角的诗歌何其甘美
你凋零的棺木像一盘美丽的
棋局

八月之杯

八月逝去　山峦清晰
河水平滑起伏
此刻才见天空
天空高过往日

有时我想过
八月之杯中安坐真正的诗人
仰视来去不定的云朵
也许我一辈子也不会将你看清

一只空杯子　装满了我撕碎的诗行
一只空杯子　——可曾听见我的喊叫？！
一只空杯子内的父亲啊
内心的鞭子将我们绑在一起抽打

1987

冬天的雨

一只船停在荒凉的河岸
那就是你居住的城市
我的外套脏脏，扔在河岸上
我的心情开始平静而开朗

河水上面还是山冈
许多年前冒起了白烟
部落来到这里安下了铁锅
在潮湿的天气里
我的心情开始平静而开朗
这不是别人的街头，也不是我梦中的景色
街头上卖艺人收起了他彩色的帐篷

冬天的雨下在石头上
飘过山梁仍旧是冬天的雨
打一只火把走到船外去看山头的麦地
然后在神像前把火把熄灭
我们沉默地靠在一起
你是一个仙女，是冬天潮湿的石头

你的外表是一把雨伞
你躲在伞中像拒绝天地的石头
你的黑发披散在冬天的雨中
混同于那些明媚的两省交界的姑娘
在大山的边缘，山顶的雪也隐然远去
像那些在大河上凝固的白帆
我摘下你的头巾，走到你的麦地
这里的粮食虽然是潮湿的
仍然是山顶的粮食

野兽在雨中说过的话，我们还要说一遍
我们在火把中把野兽说过的话重复一遍
我看见一个铁匠的火屑飞溅
我看到一条肮脏的河流奔向大海，越来越清澈，平静而广阔
这都是你的赐予，你手提马灯，手握着艾
平静得像一个夜里的水仙
你的黑发披散着盖住了我的胸脯
我将我那随身携带的弓箭挂到墙上
那弓箭我随身携带了一万年

我的河流这时平静而广阔
容得下多少小溪的混浊
我看见你提着水罐举向我的胸脯

我足够喂养你的嘴唇和你的羊群

我在冬天的雨中奔腾，我的胸脯上藏有明天早晨
明天早晨我的两腿画满了野兽和村落
有的跳跃着，用翅膀用肉体生活
有的死于我的弓箭，长眠不醒

1987.1.11　达县

幸福的一日

——致秋天的花楸树

我无限地热爱着新的一日
今天的太阳　今天的马　今天的花楸树
使我健康　富足　拥有一生

从黎明到黄昏
阳光充足
胜过一切过去的诗
幸福找到我
幸福说："瞧　这个诗人
他比我本人还要幸福"

在劈开了我的秋天
在劈开了我的骨头的秋天
我爱你，花楸树

1987

麦地与诗人

询问

在青麦地上跑着
雪和太阳的光芒

诗人，你无力偿还
麦地和光芒的情义

一种愿望
一种善良
你无力偿还

你无力偿还
一颗放射光芒的星辰
在你头顶寂寞燃烧

答复

麦地
别人看见你
觉得你温暖，美丽
我则站在你痛苦质问的中心
　　　被你灼伤
我站在太阳　痛苦的芒上

麦地
神秘的质问者啊

当我痛苦地站在你的面前
你不能说我一无所有
你不能说我两手空空

麦地啊，人类的痛苦
是他放射的诗歌和光芒！

1987

马、火、灰——鼎

有了安慰，马飞来了，甚至有了盐，有了死亡

有了安慰，有了爪子，有了牙，甚至有了故乡，不缺乏春天
仍然缺少一具多么坚强的骷髅牢牢锁住我　多么牢固
我的舞蹈举起一片消费人血的灯
和耗尽什么的头颅　麦芒在煮光了自己之后
只剩下空秆之火　不尽诉说

有了安慰，有了马、火、灰、鼎，甚至有了夜晚
仍然缺少鬼魂，死过一次的缺少再次死亡
两姐妹只死了一个，天空却需要她们全部死亡
最好是无人收拾雪白的骨殖　任荒山更加荒芜下去
只剩一片沙漠　和　戈壁

有了安慰，而我们是多么缺少绝望
我所在的地方滴水不存，寸草不生，没有任何生长

土地·忧郁·死亡

黄昏，我流着血污的脉管不能使大羊生殖。
黎明，我仿佛从子宫中升起，如剥皮的兔子摆上早餐。
夜晚，我从星辰上坠落，使墓地的群马阉割或受孕。
白天，我在河上漂浮的棺材竟拼凑成目前的桥梁或婚娶之船。

我的白骨累累是水面上人类残剩的屋顶。
燕子和猴子坐在我荒野的肚子上饮食男女。
我的心脏中楚国王廷面对北方难民默默无言。
全世界人民如今在战争之前粮草齐备。

最后的晚餐那食物径直通过了我们的少女
她们的伤口　她们颅骨中的缝
最后的晚餐端到我们的面前
一道筵席，受孕于人群：我们自己。

1987. 8

写给脖子上的菩萨

呼吸，呼吸
我们是装满热气的
两只小瓶
被菩萨放在一起

菩萨是一位很愿意
帮忙的
东方女人
一生只帮你一次

这也足够了
通过她
也通过我自己
双手碰到了你，你的

呼吸

两片抖动的小红帆
含在我的唇间

菩萨知道
菩萨住在竹林里
她什么都知道
知道今晚
知道一切恩情
知道海水是我
洗着你的眉
知道你就在我身上呼吸
，呼吸

菩萨愿意
菩萨心里非常愿意
就让我出生
让我长成的身体上
挂着潮湿的你

1985. 4

葡萄园之西的话语

也好
我感到
我被抬向一面贫穷而圣洁的雪地
我被种下，被一双双劳动的大手
仔仔细细地种下

于是，我感到所罗门的帐幔被一阵南风掀开
所罗门的诗歌
一卷卷
滚下山腰
如同泉水
打在我脊背上

涧中黑而秀美的脸儿
在我的心中埋下。也好
我感到我被抬向一面贫穷而圣洁的雪地
你这女子中极美丽的，你是我的棺材，我是你的棺材

1986. 8. 25

辑六

远方啊

除了遥远　一无所有

……………………………………

远方

秋天

九月

夜色

云朵

泪水

不幸

光棍

秋

枫

女孩子

野鸽子

跳跃者

两座村庄

思念前生

得不到你

黎明：一首小诗

公爵的私生女

在昌平的孤独

为什么你不生活在沙漠上

———

远方

远方除了遥远一无所有

遥远的青稞地
除了青稞　一无所有

更远的地方　更加孤独
远方啊　除了遥远　一无所有

这时　石头
飞到我身边

石头　长出　血
石头　长出　七姐妹

站在一片荒芜的草原上

那时我在远方
那时我自由而贫穷

这些不能触摸的　姐妹
这些不能触摸的　血
这些不能触摸的　远方的幸福
远方的幸福　是多少痛苦

1988. 8. 19 萨迦夜，21 拉萨

秋天

你带来水　酒瓶和粮食

秋天　千里内外
树叶安睡大地
果实沉落桶底
发出闷闷声响

让镰刀平放
丰收的草原

秋天的水　上升
直到果实　果实
回声似的对称的乳房

秋天　丰收的篮子
天堂的篮子
盛放——“果实”
病床头刻划的
阿拉伯或恒河

的永久文字

而鱼唱着　梦着　村落
水离开了形状
离开了手

回声
这是两只丰收的篮子　彼此对称
乳房
手

1986. 1 草稿
1987. 5 改
1987. 9 再改

九月

目击众神死亡的草原上野花一片
远在远方的风比远方更远
我的琴声呜咽　泪水全无
我把这远方的远归还草原
一个叫马头　一个叫马尾
我的琴声呜咽　泪水全无

远方只有在死亡中凝聚野花一片
明月如镜高悬草原映照千年岁月
我的琴声呜咽　泪水全无
只身打马过草原

1986

夜色

在夜色中
我有三次受难：流浪、爱情、生存
我有三种幸福：诗歌、王位、太阳

1988. 2. 28　夜

云朵

西藏村庄
神秘的村庄
忧伤的村庄
你躺倒在路上
你不姓李也不姓王
你嫁给的男人
脾气怎么样
神秘的村庄
忧伤的村庄
你生了几个儿子
有哪些闺女已嫁到远方
神秘的村庄
忧伤的村庄

当经幡吹响
你多像无人居住的村庄
当经幡五颜六色如我受伤的头发迎风飘扬
你多像无人居住的村庄

当藏族老乡亲在屋顶下酣睡
你多像无人居住的村庄
像周围的土墙画满慈祥的佛像
你多像无人居住的村庄

1986. 12. 15

泪水

最后的山顶树叶渐红
群山似穷孩子的灰马和白马
在十月的最后一夜
倒在血泊中

在十月的最后一夜
穷孩子夜里提灯还家　泪流满面
一切死于中途　在远离故乡的小镇上
在十月的最后一夜

背靠酒馆白墙的那个人
问起家乡的豆子地里埋葬的人
在十月的最后一夜
问起白马和灰马为谁而死……鲜血殷红

他们的主人是否提灯还家
秋天之魂是否陪伴着他
他们是否都是死人
都在阴间的道路上疯狂奔驰

是否此魂替我打开窗户

替我扔出一本破旧的诗集

在十月的最后一夜

我从此不再写你

不幸

四月的日子　最好的日子
和十月的日子　最好的日子
比四月更好的日子
像两匹马　拉着一辆车
把我拉向医院的病床
和不幸的病痛

有一座绿色悬崖倒在牧羊人怀中
两匹马
在山上飞

两匹马
白马和红马
积雪和枫叶
犹如姐妹
犹如两种病痛
的鲜花

光棍

神秘客人那位食玉米担玉米　草筐中埋着牛肝的那光棍
在春天用了一把大火
烧光家园　使众人受伤

大家伤心唏嘘不已
穷得叮当响的酒柜上
光棍光芒万丈

老英雄
走上前来
抱住那光棍
坐在黄昏
歌唱江山
布满眼泪

1987（？）

秋

用我们横陈于地的骸骨
在沙滩上写下：青春。然后背起衰老的父亲
时日漫长　方向中断
动物般的恐惧充塞着我们的诗歌

谁的声音能抵达秋之子夜　长久喧响
掩盖我们横陈于地的骸骨——
秋已来临。
没有丝毫的宽恕和温情：秋已来临

1987. 8

枫

广天一夜
暖如血

高寒的秋之树
长风千万叶
暖如血

一叶知秋
（秋在北方——
青涩坚硬
火焰闪闪的少女
走向成熟和死亡）

多灾多难多梦幻
的北国氏族之女
镰刀和筐内
秋天的头颅落地
姐妹血迹殷红

北国氏族之女
北国之秋住家乡
明日天寒地冻
日短夜长
路远马亡

北国氏族之女
一火灭千秋
虽果亡树在

北国氏族之女
——柿子和枫
相抢□于此秋天[1]
刀刃闪闪发亮
人头落地　血迹殷红
一只空空的杯子权做诗歌之棺
暖如地血　寒比天风

1987.11.2

① 原稿有缺字。——编者注

女孩子

她走来
断断续续地走来
洁净的脚印
沾满清凉的露水

她有些忧郁
望望用泥草筑起的房屋
望望父亲
她用双手分开黑发
一支野樱花斜插着默默无语
另一支送给了谁
却从没人问起

春天是风
秋天是月亮
在我感觉到时
她已去了另一个地方
那里雨后的篱笆像一条蓝色的
小溪

野鸽子

当我面朝火光
野鸽子　在我家门前的细树上
吐出黑色的阴影的火焰

野鸽子
——这黑色的诗歌标题　我的懊悔
和一位隐身女诗人的姓名

这究竟是山喜鹊之巢还是野鸽子之巢
在夜色和奥秘中
野鸽子　打开你的翅膀
飞往何方？　在永久之中

你将飞往何方？！

野鸽子是我的姓名

黑夜颜色的奥秘之鸟

我们相逢于一场大火

1988. 2

跳跃者

老鼻子橡树
夹住了我的蓝鞋子
我却是跳跃的
跳过榆钱儿
跳过鹅和麦子
一年跳过
十二间空屋子和一些花穗
从一口空气
跳进另一口空气
我是深刻的生命

我走过许多条路
我的袜子里装满了错误
日记本是红色的
是红色的流浪汉
脖子上写满了遗忘的姓名，跳吧
跳够了我就站住
站在山顶上沉默
沉默是山洞

沉默是山洞里一大桶黄金
沉默是因为爱情

1984. 12

两座村庄

和平与情欲的村庄
诗的村庄
村庄母亲昙花一现
村庄母亲美丽绝伦

五月的麦地上　天鹅的村庄
沉默孤独的村庄
一个在前一个在后
这就是普希金和我　诞生的地方

风吹在村庄
风吹在海子的村庄
风吹在村庄的风上
有一阵新鲜有一阵久远

北方星光照映南国星座
村庄母亲怀中的普希金和我
闺女和鱼群的诗人　安睡在雨滴中
是雨滴就会死亡！

夜里风大　听风吹在村庄

村庄静坐　像黑漆漆的财宝

两座村庄隔河而睡

海子的村庄睡得更沉

1987. 2 草稿

1987. 5 改

思念前生

庄子在水中洗手
洗完了手，手掌上一片寂静
庄子在水中洗身
身子是一匹布
那布上沾满了
水面上漂来漂去的声音

庄子想混入
凝望月亮的野兽
骨头一寸一寸
在肚脐上下
像树枝一样长着

也许庄子就是我
摸一摸树皮
开始对自己的身子
亲切
亲切又苦恼
月亮触到我

仿佛我是光着身子
光着身子
进出

母亲如门，对我轻轻开着

得不到你

得不到你
我用河水做成的妻子
得不到你
我的有弱点的妇女

得不到你
妻子滑动河水
情意泥沙俱下

其余的家庭成员俯伏在锅勺上
得不到你
有弱点的爱情

我们确实被太阳烤焦，秋天内外
我不能再保护自己
我不能再
让爱情随便受伤

得不到你

但我同时又在秋天成亲
歌声四起

1985. 11. 11

黎明：一首小诗

黎明
我挣脱
一只陶罐
或大地的边缘

我的双手　向着河流飞翔
我挣脱一只刻划麦穗的陶罐　太阳
我看见自己的面容　火焰
在黎明的风中飘忽不定

我看见自己的面容
火焰　像一片升上天空的大海
像静静的天马
向着河流飞翔

1985 草稿
1987 改

公爵的私生女

——给波德莱尔

我们偶然相遇
没有留下痕迹

那个庸俗的故事
使用货币或麦子
卖鱼的卖鱼
抓药的抓药
在天堂的黄昏
躲也躲不开
我们的生存
唯一的遭遇是一首诗
一首诗是一个被谋杀的生日
月光下　诗篇犹如
每一个死婴背着包袱
在自由地行进
路途遥远却独来独往

死婴

我的朋友
我的亲人
来路已逝去路已断
为谁而死为谁醉卧草原

我们偶然相遇
没有留下痕迹
石头门外，守夜人
抱着三枝火焰
埋下双眼，一夜长眠

1986. 8 初稿
1987. 10. 31 改

在昌平的孤独

孤独是一只鱼筐
是鱼筐中的泉水
放在泉水中

孤独是泉水中睡着的鹿王
梦见的猎鹿人
就是那用鱼筐提水的人

以及其他的孤独
是柏木之舟中的两个儿子
和所有女儿，围着诗经桑麻沅湘木叶
在爱情中失败
他们是鱼筐中的火苗
沉到水底

拉到岸上还是一只鱼筐
孤独不可言说

1986

为什么你不生活在沙漠上

为什么你不生活在沙漠上
英雄的可怜而可爱的伴侣
我那唯一的人在何方？
用酒调着火所能留下的灰　写下几首诗？

我的形象开始上升
主宰着你的心灵！
孤独守候着
一个健康的声音！

绝望之神　你在何方？
为什么你不生活在沙漠上！
我是谁手里磨刀的石块？
我为何要把赤子带进海洋

海子躺在地上
天空上
海子的两朵云
说：

你要把事业留给兄弟　留给战友
你要把爱情留给姐妹　留给爱人
你要把孤独留给海子　留给自己

1987. 5. 27 夜书

辑七

哪辆马车，载你而去，奔向远方
奔向远方，你去而不返，是哪辆马车
……………………………………

———

夜晚　亲爱的朋友

在什么树林，你酒瓶倒倾
你和泪饮酒，在什么树林，把亲人埋葬

在什么河岸，你最寂寞
搬进了空荡的房屋，你最寂寞，点亮灯火

什么季节，你最惆怅
放下了忙乱的箩筐
大地茫茫，河水流淌
是什么人掌灯，把你照亮

哪辆马车，载你而去，奔向远方
奔向远方，你去而不返，是哪辆马车

1987.5.20黄昏

灯

我们坐在灯上
我们火光通明
我们做梦的胳膊搂在一起
我们栖息的桌子飘向麦地
我们安坐的灯火涌向星辰

灯光，我明丽又温暖
的橘黄的雪
披上新娘的微黄的发辫

（灯
只有你
你仿佛无鞋
你总是行色匆匆）
灯，你的名字
掌在我手上

灯，月亮上
亮起的心

和眼睛

灯
躲在山谷
躲在北方山顶的麦地

灯啊
我们做梦的房子飘向麦田
桌子上安放求婚的杯盏
祈求和允诺的嘴唇
是灯

灯
一丛美丽
暖和
一个名字
我的秘密
我的新娘
叫小灯

灯
明天的雪中新娘
安坐屋中

你为什么无鞋

你为什么

竖起一根通红的手指

挡住出嫁日期

1985；1987

龙

黄色的月光
奇怪又空荡

远方就是你一无所有的地方

风吹来的方向
庄稼
音乐
船
龙听着
火光
在高原上
云朵
家乡
原来的地方

草原蒙水

罐

天下龙听着

水流汩汩

煤堆

煤堆
闯进冬天的
黑色主人
拉着大家的手
径直走进房屋

火
闪着光

把病牛牵进来！
它像一片又瘦又长的树叶
落上稻草：唉，这没有泥土的日子
但是煤说：
火
闪着光

1984. 11

拂晓

苍茫的拂晓，黎明
穿上你好久没穿的旧裙子，跟我走
夜的女儿，朝霞的姐妹，黎明
穿过这些山峰，坐落
在这些粗笨的远方和近处
穿过大地的头颅
和河畔这些无人问津的稀疏的荒草
跟我走吧，黎明

你是太阳之火顶端
青色的烟飘渺不定
你就是深夜里刚刚消失又骤然升起的歌声
你穿着一件昨夜弄脏的衣裙走向今天
你嘴里叼着光芒和刀子，披散下的头发遮住
　　眼睛、乳房和面容

提着包袱，渡过肮脏的日子，跟我走吧
这鲜血的包袱一路喧闹
一路喧闹，不得安宁

带上你褐色的地母的乳房跟我走吧
哪怕包袱里只有地瓜，乳房里只有水土
悄悄沿着这原始的大地走去
肮脏的大河在尽头猛然将我们推向海洋

苍茫的拂晓，原始的女人
原始的日子中原始的母亲
陌生的妻子披着鱼皮
在海上遨游着产籽的女儿

敲打着船壳　海洋的埋葬
　　太平洋上没有一口钟和一棵梅树
　　没有一枝梅花在太平洋上开放
　　只有镇子中央
　　废弃不用的土和石头
　　堆成的荒凉山坡

跟我走吧，黎明
所有的你都是同一个你
　　我难以分辨
　　谁是你　谁是真正的你
　　谁又再一次是你
　　绝望的只是你

永不离开的你
不在天地间消失

所有的你都默默包扎着死去的你
年老丑陋的女王，这黑夜内部无穷无尽的母亲女王
我早就说过，断头流血的是太阳
所有的你都默默流向同一个方向
断头台是山脉全部的地方
跟我走吧，抛掷头颅，洒尽热血，黎明
新的一天正在来临

1989. 2. 24

汉俳

1. 河水

亡灵游荡的河
在过去我有多少恐惧
只对你诉说

2. 王位上的诗人

还没剥开羊皮　举着火把
还没剥开少女和母亲美丽的身体

3. 打麦黄昏，老年打麦者

在梨子树下
晚霞常驻

4. 草原上的死亡

在白色夜晚张开身子
我的脸儿，就像我自己圣洁的姐姐

5. 西藏

回到我们的山上去
荒凉高原上众神的火光

6. 意大利文艺复兴

那是我们劳动的时光
朋友们都来自采石场

7. 风吹

茫茫水面上天鹅村庄神奇的门窗合上

8. 黄昏

在此刻　销声匿迹的人　突然出现
他们神秘而哀伤的马匹在树下站定

9. 诗歌皇帝

当众人齐集河畔　高声歌唱生活
我定会孤独返回空无一人的山峦

1987

爱情故事

两个陌生人
朝你的城市走来

今天夜晚
语言秘密前进
直到完全沉默

完全沉默的是土地
传出民歌沥沥
淋湿了
此心长得郁郁葱葱

两个猎人
向这座城市走来
向王后走来
身后哒姆哒姆
迎亲的鼓
代表无数的栖息与抚摸

两个陌生人
从不说话
向你的城市走来
是我的两只眼睛

1984. 12

熟了麦子

那一年
兰州一带的新麦
熟了

在水面上
混了三十多年的父亲
回家来

坐着羊皮筏子
回家来了

有人背着粮食
夜里推门进来

油灯下
认清是三叔

老哥俩
一宵无言

只有水烟锅
咕噜咕噜

谁的心思也是
半尺厚的黄土
熟了麦子呀!

1985. 1. 20

重建家园

在水上　放弃智慧
停止仰望长空
为了生存你要流下屈辱的泪水
来浇灌家园

生存无须洞察
大地自己呈现
用幸福也用痛苦
来重建家乡的屋顶
放弃沉思和智慧
如果不能带来麦粒
请对诚实的大地
保持缄默　和你那幽暗的本性

风吹炊烟
果园就在我身旁静静叫喊
“双手劳动
　　慰藉心灵”

1987

水抱屈原

举着火把、捕捉落入
水的人

水抱屈原：如夜深打门的火把倒向怀中
水中之墓呼唤鱼群

我要离开一只平静的水罐
骄傲者的水罐——
宝剑埋在牛车的下边

水抱屈原：一双眼睛如火光照亮
水面上千年羊群
我在这时听见了世界上美丽如画

水抱屈原是我
如此尸骨难收

阿尔的太阳[1]

——给我的瘦哥哥

"一切我所向着的自然创作的，是栗子，从火中取出来的。啊，那些不信仰太阳的人是背弃了神的人。"[2]

到南方去
到南方去
你的血液里没有情人和春天
没有月亮
面包甚至都不够
朋友更少
只有一群苦痛的孩子，吞噬一切
瘦哥哥凡·高，凡·高啊
从地下强劲喷出的
火山一样不计后果的
是丝杉和麦田
还是你自己

---

① 阿尔是法国南部一座小镇，凡·高在这此创作了七八十幅画，这是他的黄金时期。——海子自注

② 引文摘自凡·高致其弟提奥的书信。——编者注

喷出多余的活命的时间
其实，你的一只眼睛就可以照亮世界
但你还要使用第三只眼，阿尔的太阳
把星空烧成粗糙的河流
把土地烧得旋转
举起黄色的痉挛的手，向日葵
邀请一切火中取栗的人
不要再画基督的橄榄园
要画就画橄榄收获
画强暴的一团火
代替天上的老爷子
洗净生命
红头发的哥哥，喝完苦艾酒
你就开始点这把火吧
烧吧

1984. 4

遥远的路程

雨水中出现了平原上的麦子
这些雨水中的景色有些陌生
天已经黑了，下着雨
我坐在水上给你写信

1989. 1. 22

我请求：雨

我请求熄灭
生铁的光、爱人的光和阳光
我请求下雨
我请求
在夜里死去

我请求在早上
你碰见
埋我的人

岁月的尘埃无边
秋天
我请求：
下一场雨
洗清我的骨头

我的眼睛合上
我请求：
雨

雨是一生过错

雨是悲欢离合

1985. 3

从六月到十月

六月积水的妇人，囤积月光的妇人
七月的妇人，贩卖棉花的妇人
八月的树下
洗耳朵的妇人
我听见对面窗户里
九月订婚的妇人
订婚的戒指
像口袋里潮湿的小鸡
十月的妇人则在婚礼上
吹熄盘中的火光，一扇扇漆黑的木门
飘落在草原上

1986. 6. 19

七月的大海

老乡们，谁能在海上见到你们真是幸福！
我们全都背叛自己的故乡
我们会把幸福当成祖传的职业
放下手中痛苦的诗篇

今天的白浪真大！老乡们，它高过你们的粮仓
如果我中止诉说，如果我意外地忘却了你
把我自己的故乡抛在一边
我连自己都放弃　更不会回到秋收　农民的家中

在七月我总能突然回到荒凉
赶上最后一次
我戴上帽子　穿上泳装　安静地死亡
在七月我总能突然回到荒凉

海子小夜曲

以前的夜里我们静静地坐着
我们双膝如木
我们支起了耳朵
我们听得见平原上的水和诗歌
这是我们自己的平原，夜晚和诗歌

如今只剩下我一个
只有我一个双膝如木
只有我一个支起了耳朵
只有我一个听得见平原上的水
　　诗歌中的水
在这个下雨的夜晚
如今只剩下我一个
为你写着诗歌
这是我们共同的平原和水
这是我们共同的夜晚和诗歌
是谁这么说过　海水

要走了　要到处看看
我们曾在这儿坐过

1986.8

谣曲（四首）

之一

你是我的哥哥你招一招手
你不是我的哥哥你走你的路

小灯，小灯，抬起他埋下的眼睛

你的树丛大而黑
你的辕马不安宁
你的嘴唇有野蜜
你是丈夫——还是兄弟

小灯，小灯，抬起他埋下的眼睛

你是我的哥哥你招一招手
你不是我的哥哥你走你的路

之二

白鸽，白鸽
扎好我的头巾
风吹着你们的身子
像吹我白色头巾

白鸽白鸽你别说
美丽的脑袋小太阳
到了黑夜变月亮
白鸽白鸽你别说

之三

南风吹木
吹出花果
我要亲你
花果咬破

之四

月亮月亮慢慢亮
照着一只木头床
河流河流快快流
渡过我的心头肉

白马过河一片白
黑马过河一片黑
这一条河流
总是心头的河流

白马过河是月圆
黑马过河是月残
这一只月亮
总是床头的月亮

1986. 8

马雅可夫斯基自传

微微发紫的光线里一个胎儿、一朵向日葵
诗人在小镇一角度完一生
在那家残破的灯下
旅馆破旧
石头流动
梨花阵阵
迟钝和内心冲突
一棵梨子树，梨花阵阵
头盖骨龟裂——箭壶愚蠢摇动
火烧山地　白色梨花阵阵
刮去遍体鳞伤
一切噪音进入我的语言
化成诗歌与音乐　梨花阵阵
在我弃绝生活的日子里
黑脑袋——杀死了我
以我血为生　背负冰凉斧刃
黑脑袋　长出一片胳膊
挥舞一片胳膊
露出一切牙齿、匕首

黑头里垒满了石头
像青铜一样站着
站到最后　站到末日

1987

尼采，你使我想起悲伤的热带

别人的诗：金黄的秋收俯伏在希腊的大理石上

一只陶罐上
镌刻一尾鱼
我住在鱼头
你住在鱼尾
我在冰天雪地的酒馆忙于宗教
冻得全身发红
你头发松开，充满情欲和狂暴

悲伤的热带
南方的岛屿
我的梦之蛇

你踏上雇佣军向南进军的大道
走出战俘营代价昂贵
辉煌的十年疯狂之门
一眼望见天堂里诗人歌唱的梨花朵朵

像原始人交换新娘后
堆积在梦中岛屿上的盐

水滴中千万颗乳房
歌唱我的一生
热带是
我的心情

是　国王的女儿
蜥蜴和袋鼠跳跃峡谷的女儿
和我
另一位呢喃而疯狂的诗人
同住在一只壶里

我的心情逼迫群蛇起舞　拥抱死亡的鹰
热带的悲伤少女
季节和岁月的火焰
你们都在十五岁就一命归天

水滴中千万颗乳房
归于虚无的热带

古老猎手萌生困惑
在山顶自缢

1987. 11. 6 夜

秋日想起春天的痛苦　也想起雷锋

春天　春天
他何其短暂
春天的一生痛苦
他一生幸福

又想起你撞开门扇你怀抱春天
你坐下。快坐下，在这如痴如醉的地方
春天的一生痛苦
他一生幸福

春天　春天　春天的一生痛苦
我的村庄中有一个好人叫雷锋叔叔
春天的一生痛苦
他一生幸福

如今我长得比雷锋还大
村庄中痛苦女神安然入睡

春天的一生痛苦
他一生幸福

1985；1987

辑八

你是灯，
是我胸脯上的黑夜之蜜

……………………………………

灯诗

敦煌

河伯

坛子

浑曲

远方

耶稣（圣之羔羊）

跳伞塔

亚洲铜

四姐妹

九寨之星

草原之夜

七百年前

妻子和鱼

五月的麦地

八月　黑色的火把

梭罗这人有脑子（组诗）

但丁来到此时此地

在一个阿拉伯沙漠的村镇上

灯诗

灯，从门窗向外生活
灯啊是我内心的春天向外生活
黑暗的蜜之女王
向外生活，“有这样一只美丽的手向外生活”

火种蔓延的灯啊
是我内心的春天一人放火
没有火光，没有火光烧坏家乡的门窗
春天也向外生长
度过炎炎大火的一颗火
却被秋天遍地丢弃
让白雪走在酒上享受生活

你是灯
是我胸脯上的黑夜之蜜
灯，怀抱着黑夜之心
烧坏我从前的生活和诗歌

灯，一手放火，一手享受生活

茫茫长夜从四方围拢

如一场黑色的大火

春天也向外生长

还给我自由，还给我黑暗的蜜、空虚的蜜

孤独一人的蜜

我宁愿在明媚的春光中默默死去

“有这样一只美丽的手在酒上生活”

要让白雪走在酒上享受生活

1987（？）

敦煌

敦煌石窟像马肚子下
挂着一只只木桶
乳汁的声音滴破耳朵——
像远方草原上撕破耳朵的人
来到这最后的山谷
他撕破的耳朵上
悬挂着花朵

敦煌是千年以前
起了大火的森林
在陌生的山谷
是最后的桑林——我交换
食盐和粮食的地方
我筑下岩洞，在死亡之前，画上你
最后一个美男子的形象
为了一只母松鼠

为了一只母蜜蜂

为了让她们在春天再次怀孕

1986

河伯

蛇翼，农业之翼
他披满农妇之手
稻种来自
所有野兔的嗉囊

蛇翼，渔民之翼
桦皮裤子
桦皮船
鹿血养好了渔业月亮

蛇翼，采掘之翼
一杆根
一杆笛子
在牛脚下痛过，呜呜一片小雏

蛇翼，疾病之翼
八月之东水
是匹匹白布
人们拔木为棺

蛇翼，情郎之翼
风中采莲做张你的身子
一株泥丸，两叶手
男人是没有河流的河伯

坛子

这就是我张开手指所要叙说的故事
那洞窟不会在今夜关闭。明天夜晚也不会关闭
额头披满钟声的
土地
一只坛子

我头一次也是最后一次进入这坛子
因为我知道只有一次
脖颈围着野兽的线条
水流拥抱的
坛子
长出朴实的肉体

这就是我所要叙说的事
我对你这黑色盛水的身体并非没有话说
敬意由此开始，接触由此开始
这一只坛子，我的土地之上
从野兽演变而出的
秘密的脚，在我自己尝试的锁链之中

正好我把嘴唇埋在坛子里，河流
糊住四壁，一棵又一棵
栗树像伤疤在周围隐隐出现
而女人似的故乡，双双从水底浮上，询问生育之事

浑曲

妹呀

竹子胎中的儿子
木头胎中的儿子
就是你满头秀发的新郎

妹呀

晴天的儿子
雨天的儿子
就是滚遍你身体的新娘

妹呀

吐出香鱼的嘴唇
航海人花园一样的嘴唇
就是咬住你的嘴唇

远方

——献给草原英雄小姐妹

草原英雄小姐妹
龙梅和玉荣
我多想和你们一起
在暴风雪中
在大草原
看守公社的羊群

1988. 8. 19
萨迦夜时藏族青年男女歌舞嬉戏

耶稣（圣之羔羊）

从罗马回到山中
铜嘴唇变成肉嘴唇
在我的身上　青铜的嘴唇飞走
在我的身上　羊羔的嘴唇苏醒

从城市回到山中
回到山中羊群旁
的悲伤
像坐满了的一地羊群

1987. 12. 28 夜

跳伞塔

我在一个北方的寂寞的上午
一个北方的上午
思念着一个人

我是一些诗歌草稿
你是一首诗

我想抱着满山火红的杜鹃花
走入静静的跳伞塔

我清楚地意识到
前面就是一条大河
和一个广大的北方平原

美丽总是使我沉醉

已经有人
开始照耀我

在那偏僻拥挤的小月台上
你像星星照耀我的路程

在这座山上
为什么我只看见这么一棵
美丽的杜鹃？

我只看见这么一棵
果然火红而美丽

我在这个夜晚
我住在山腰
房子里
我的面前充满了泉水
或溪涧之水的声音

静静的跳伞塔
心醉的屋子　你打开门
让我永远在这幸福的门中

北方　那片起伏的山峰
远远的
只有九棵树

1988. 4. 23

亚洲铜

亚洲铜，亚洲铜
祖父死在这里，父亲死在这里，我也将死在这里
你是唯一的一块埋人的地方

亚洲铜，亚洲铜
爱怀疑和爱飞翔的是鸟，淹没一切的是海水
你的主人却是青草，住在自己细小的腰上，守住野花的手掌和秘密

亚洲铜，亚洲铜
看见了吗？那两只白鸽子，它是屈原遗落在沙滩上的白鞋子
让我们——我们和河流一起，穿上它吧

亚洲铜，亚洲铜
击鼓之后，我们把在黑暗中跳舞的心脏叫做月亮
这月亮主要由你构成

1984. 10

四姐妹

荒凉的山冈上站着四姐妹
所有的风只向她们吹
所有的日子都为她们破碎

空气中的一棵麦子
高举到我的头顶
我身在这荒芜的山冈
怀念我空空的房间，落满灰尘

我爱过的这糊涂的四姐妹啊
光芒四射的四姐妹
夜里我头枕卷册和神州
想起蓝色远方的四姐妹
我爱过的这糊涂的四姐妹啊
像爱着我亲手写下的四首诗
我的美丽的结伴而行的四姐妹
比命运女神还要多出一个
赶着美丽苍白的奶牛　走向月亮形的山峰

到了二月，你是从哪里来的
天上滚过春天的雷，你是从哪里来的
不和陌生人一起来
不和运货马车一起来
不和鸟群一起来

四姐妹抱着这一棵
一棵空气中的麦子
抱着昨天的大雪，今天的雨水
明日的粮食与灰烬
这是绝望的麦子
请告诉四姐妹：这是绝望的麦子
永远是这样
风后面是风
天空上面是天空
道路前面还是道路

1989. 2. 23

九寨之星

很久很久的一盏灯
很久很久以前女神点亮的一盏灯
落满岁月尘土的一盏灯
当她面对湖水
女神的镜子中
变成了两盏
那就是你的一双眼睛
柔似湖水　亮如光明

1987. 10

草原之夜

那是一片冬季的草场
草长得不高，但很兴旺
我的头颅就埋在这里
搂抱着夜色中的山冈
山冈上这些草长得和去年一样
似乎没有经历死亡
短暂的夏天，美好的草原
是两场暴风雪争夺中喘息的新娘
今年的暴风雪会来得更凶猛
暴风雪，五十年未遇
我的头颅变得比岩石还要寒冷
似乎在预感到天空许给草原的末日
草原的末日也就是我的末日
所有的牛羊都被抛弃，都逃不过死亡
只有一个跛男孩跑到草原尽头
抱住马脖子失声痛哭
那时候天已大亮
太阳落满天空更为荒芜
只有一个跛男孩

抱住马脖子失声痛哭

他就是我的儿子，他已成为孤儿

他的母亲已成为草原的寡妇　这个女人将人顺从命运

我那远嫁他方的小妹妹

会在收割青稞时为我痛哭一场

别的牧人去了夏天的草场

他们和妹妹或新娘生活在一起

这都是热爱生活的年轻人，青稞酒在草原之夜流淌

他们都不能理解我此刻的悲痛

七百年前

七百年前辉煌的王城今天是一座肮脏的小镇
当年我打马进城　手提一袋青稞
当年我用一袋青稞换取十八颗人头
还有九颗，葬在城中，下落不明

在山洞里十二只野兽梦想变成老鹰，齐声哀鸣
这是山顶上最后的山洞梦想着天空
突然有一种感觉，好像还是在又饥又饿地走在路上
在幽暗中我写下我的教义，世界又变得明亮

1988. 8. 18

妻子和鱼

我怀抱妻子
就像水儿抱鱼
我一边伸出手去
试着摸到小雨水，并且嘴唇开花

而鱼是哑女人
睡在河水下面
常常在做梦中
独自一人死去

我看不见的水
痛苦新鲜的水
流过手掌和鱼
流入我的嘴唇

水将合拢
爱我的妻子
小雨后失踪
水将合拢

没有人明白她水上
是妻子水下是鱼
或者水上是鱼
水下是妻子

离开妻子我
自己是一只
装满淡水的口袋
在陆地上行走

五月的麦地

全世界的兄弟们
要在麦地里拥抱
东方，南方，北方和西方
麦地里的四兄弟，好兄弟
回顾往昔
背诵各自的诗歌
要在麦地里拥抱

有时我孤独一人坐下
在五月的麦地　梦想众兄弟
看到家乡的卵石滚满了河滩
黄昏常存弧形的天空
让大地上布满哀伤的村庄
有时我孤独一人坐在麦地为众兄弟背诵中国诗歌
没有了眼睛也没有了嘴唇

1987.5

八月　黑色的火把

太阳映红的旷原
垂下衰老的乳房
一如黑夜的火把

人是八月的田野上血肉模糊的火把
怀抱夜晚的五谷
遁入黑暗之中

温暖的五谷
霉烂的五谷
坐在火把上

1987

梭罗这人有脑子（组诗）

1.

梭罗这人有脑子
像鱼有水、鸟有翅
云彩有天空

2.

好在这人不是女性
否则会有一对
洁白的冬熊
摇摇晃晃上路
靠近他乳房
凑上嘴唇

3.

梭罗这人有脑子
梭罗手头没有别的

抓住了一根棒木
那木棍揍了我
狠狠揍了我
像春天揍了我

4.

梭罗这人有脑子
看见湖泊就高兴

5.

梭罗这人有脑子
用鸟巢做邮筒
两封信同时飞到
还生下许多小信
羽毛翩跹

6.

梭罗这人有脑子
不言不语让东窗天亮西窗天黑
其实他哪有窗子

梭罗这人有脑子
不言不语做男人又做女人
其实生下的儿子还是他自己

7.

灯火的屋中
梭罗的盔
——一卷荷马

这人有脑子
以雪代马
渡我过水

8.

梭罗这人有脑子
月亮照着他的鼻子

9.

那个抒情的鼻子
靠近他的脑子

靠近他深如树林的眼睛
靠近他饮水的唇
　　（愿饮得更深）

构成脑袋
或者叫头

10.

白天和黑夜
像一白一黑
两只寂静的猫
睡在你肩头

你倒在林间路途上

让床在木屋中生病
梭罗这人有脑子
让野花结成果子

11.

梭罗这人有脑子

像鱼有水、鸟有翅
云彩有天空

梭罗这人就是
我的云彩，四方邻国
的云彩，安静
在豆田之西
我的草帽上

12.

太阳，我种的
豆子，凑上嘴唇
我放水过河

梭罗这人有脑子

梭罗的盔
——一卷荷马

1986. 8. 15

但丁来到此时此地

自杀者各自逃离树枝
但丁来到此时此地
自杀者各自逃离树枝

罪人在地狱
像荒山上嵌住的闪闪发光的钻石

感情只是陪伴我的小灯
时明时灭的地狱之门

树椏裂开，浅水灌耳
在香气的平原上
贝亚德丽丝
你站在另一头，低声唱歌

我的鳞片剥落
魂入肉体
巨大的灵找自由的河流
一些白色而善良

的草秸

里面埋葬野兽经常的抖动

贝亚德丽丝

的指引

卧室或劳动的市民的圣母

美丽阳光

在一个阿拉伯沙漠的村镇上

镇子

而今我一无是处
坐在镇子的一头
这是一个不守诺言的时刻
头巾上星光璀璨
阿拉伯沙漠的村镇已是茫茫黄昏
东面一万里是大海
西边一万里是雪山

镇子

三月过去了
四月过去了
上一个秋天的谈话过去了
请在这个日子光临做我的客人

镇子上——天刚蒙蒙亮
草原上——夜的马很大

少言寡语，见一面，短一日

镇子

你坐在
小山坡上
你坐在小山坡上
一个人住在旧粮仓里写诗
又是生日。一匹
多年的
马
飞来了
一匹多年的
旧布包不好伤口

镇子
点亮一根蜡烛
我们死后相聚在湖上
宛如生前。“俄狄普斯——烛光也曾照你杀父娶母。”

烛火静静叫喊
绿汪汪的水静静叫喊
看见草原和女人的一位盲人
——在烛火静静叫喊

镇子

生日中
你像一位美丽的
女俘虏
坐在故乡的
打麦场上

夜深在村庄摸门
我的什么
遗忘在山上

浪子　你怎么了　你打算用什么办法
将那水中明月
戴在头上

暮色中的马头
斜靠在小镇上

姐妹们早已睡下
打谷场上　空无一人
空无一人

天亮
守夜人
走到神秘的村子

1988. 5 删

辑九

黑夜比我更早睡去，黑夜是神的伤口，
你是我的伤口
……………………………………

最后一夜和第一日的献诗

星

雪

冬天

房屋

海上

秋天

夜月

酒杯

粮食

历史

山楂树

黑翅膀

绿松石

九月的云

石头的病（或八七年）

遥远的路程

大草原　大雪封山

抱着白虎走过海洋

在大草原上预感到海的降临

———

最后一夜和第一日的献诗

今夜你的黑头发
是岩石上寂寞的黑夜，
牧羊人用雪白的羊群
填满飞机场周围的黑暗

黑夜比我更早睡去
黑夜是神的伤口
你是我的伤口
羊群和花朵也是岩石的伤口

雪山　用大雪填满飞机场周围的黑暗
雪山女神吃的是野兽穿的是鲜花
今夜　九十九座雪山高出天堂
使我彻夜难眠

1989. 1. 16 草稿
1989. 1. 24 改

星

我死于语言和诉说的旷野
是的，这些我全都听见了。虽然

草原神秘异常
秋天，美丽处女是竖起风暴的花纹

虽说一个断臂的人
不能用手
却可以用牙齿
和嘴唇　打开我的诗集——
那是在大火中
那就是星

是——他是你们的哥哥。
诗人高喊
带火者，上山来！

牵着骆驼
的鬼魂

出现在黄昏

星

我是多么爱你

不爱那些鬼魂

1988. 5

雪

千辛万苦回到故乡
我的骨骼雪白　也长不出青稞

雪山，我的草原因你的乳房而明亮
冰冷而灿烂

我的病已好
雪的日子　我只想到雪中去死
我的头顶放出光芒！

有时我背靠草原
马头作琴　马尾为弦
戴上喜马拉雅　这烈火的王冠

有时我退回盆地，背靠成都，
人们无所事事，我也无所事事
只有爱情　剑　马的四蹄

割下嘴唇放在火上

大雪飘飘

不见昔日肮脏的山头

都被雪白的乳房拥抱

深夜中　火王子　独自吃着石头　独自饮酒

1988. 8

冬天

火的叫声传来
火的叫声微弱
山坡上牛羊拥挤
想起你使我眩晕

*

英雄的猎人
拥着一家酒店
坐在白雪中
心中的黑夜寒冷

（1988. 2. 10 故乡）

*

在黑夜里为火写诗
在草原上为羊写诗
在北风中为南风写诗

在思念中为你写诗

（1988. 8. 15 日喀则）

*

夜的中心幽暗
边缘发亮　寒冷
这是　火儿
照亮雪山和马

*

大地薄弱
两端锋利
使中心幽暗
难以分辨

房屋

你在早上
碰落的第一滴露水
肯定和你的爱人有关
你在中午饮马
在一枝青丫下稍立片刻
也和她有关
你在暮色中
坐在屋子里，不动
还是与她有关

你不要不承认
巨日消隐，泥沙相合，狂风奔起
那雨天雨地哭得有情有意
而爱情房屋温情地坐着
遮蔽母亲也遮蔽儿子

遮蔽你也遮蔽我

1985

海上

所有的日子都是海上的日子
穷苦的渔夫
肉疙瘩像一卷笨拙的绳索
在波浪上展开
想抓住远方
闪闪发亮的东西
其实那只是太阳的假笑
他抓住的只是几块会腐烂的木板：
房屋、船和棺材

成群游来鱼的脊背
无始无终
只有关于青春的说法
一触即断

1984. 6

秋天

秋天红色的膝盖
跪在地上
小花死在回家的路上
泪水打湿
鸽子的后脑勺

一位少年去摘苹果树上的灯[①]

植物没有眼睛
挂着冬天的身份牌
一条干涸的河
是动物的最后情感

一位少年人去摘苹果树上的灯

我的眼睛
黑玻璃，白玻璃

---

① 本行“少年人”，原稿如此。——编者注

证明不了什么
秋天一定在努力地忘记着
嘴唇吹灭很少的云朵

一位少年去摘苹果树上的灯

1984. 11

夜月

一扇又一扇门
推开树林
太阳把血
放入灯盏

河静静卧在
人的村庄
人居住的地方
人的门环上

鸟巢挂在
离人间八尺
的树上
我仿佛离人间二丈

一切都原模原样
一切都存入
人的
世世代代的脸，一切不幸

我仿佛
一口祖先们
向后代挖掘的井
一切不幸都源于，我幽深的水

1985. 6. 19

酒杯

你的泪水为我洗去尘土和孤独
你的泪水为我在飞机场周围的稻谷间珍藏
酒杯，你这石头的少女，你这石头的牢房，石头的伞

酒，石头的牢房囚禁又释放的满天奔腾的闪电
昨天一夜明亮的闪电使我的杯子又满又空
看哪！河水带来的泥沙堆起孤独的房屋

看哪！你的房子小得像一只酒杯
你的房子小得像一把石头的伞

多云的天空下　潮湿的风吹干的道路
你找不到我，你就是找不到我，你怎么也找不到我
在昔日山坡的羊群中

酒杯，你是一间又破又黑的旧教室
淹没在一片海水

1989（？）1. 14

粮食

埋着猎人的山冈
是猎人生前唯一的粮食

粮食
是图画中的妻子

西边山上
九只母狼
东边山上
一轮月亮

反复抱过的妻子是枪
枪是沉睡爱情的村庄

历史

我们的嘴唇第一次拥有
蓝色的水
盛满陶罐
还有十几只南方的星辰
火种
最初忧伤的别离

岁月呵

你是穿黑色衣服的人
在野地里发现第一枝植物
脚插进土地
再也拔不出
那些寂寞的花朵
是春天遗失的嘴唇

岁月呵，岁月

公元前我们太小

公元后我们又太老
没有人见到那一次真正美丽的微笑
但我还是举手敲门
带来的象形文字
撒落一地

岁月呵
岁月

到家了
我缓缓摘下帽子
靠着爱我的人
合上眼睛
一座古老的铜像坐在墙壁中间
青铜浸透了泪水

岁月呵

1984

山楂树

今夜我不会遇见你
今夜我遇见了世上的一切
但不会遇见你

一棵夏季最后
火红的山楂树
像一辆高大女神的自行车
像一个女孩　畏惧群山
呆呆站在门口
她不会向我
跑来！

我走过黄昏
像风吹向远处的平原
我将在暮色中抱住一棵孤独的树干
山楂树！　一闪而过　啊！　山楂
我要在你火红的乳房下坐到天亮。
又小又美丽的山楂的乳房
在高大女神的自行车上

在农奴的手上
在夜晚就要熄灭

1988.6.8 ～ 10

黑翅膀

今夜在日喀则，上半夜下起了小雨
只有一串北方的星，七位姐妹
紧咬雪白的牙齿，看见了我这一对黑翅膀

北方的七星　照不亮世界
牧女头枕青稞独眠一天的地方今夜满是泥泞
今夜在日喀则，下半夜天空满是星辰

但夜更深就更黑，但毕竟黑不过我的翅膀
今夜在日喀则，借床休息，听见婴儿的哭声
为了什么这个小人儿感到委屈？是不是因为她感到了黑夜中的幸福

愿你低声啜泣　但不要彻夜不眠
我今夜难以入睡是因为我这双黑过黑夜的翅膀
我不哭泣　也不歌唱　我要用我的翅膀飞回北方

飞回北方　北方的七星还在北方
只不过在路途上指示了方向，就像一种思念
她长满了我的全身　在烛光下酷似黑色的翅膀

1988. 7（？）

绿松石

这时候　绿色小公主
来到我的身边。
青海湖，绿色小公主
你曾是谁的故乡
你曾是谁的天堂?
当一只雪白的鸟
无法用翅膀带走
人类的小镇
——它留在肮脏的山梁。

和水相比　土地是多么肮脏而荒芜
绿色小公主抹去我的泪水，
说，你是年老的国土上
一位年轻的国王，老年皇帝会伏在你的肩头死去。
土地张开又合拢。

1988. 7. 24

九月的云

九月的云
展开殓布

九月的云
晴朗的云

被迫在盘子上，我
刻下诗句和云

我爱这美丽的云

水上有光
河水向前

我一向言语滔滔
我爱着美丽的云

1986

石头的病（或八七年）

石头的病　疯狂的病
不可治疗的病
不会被理会的病
被大理石同伙
视为疾病的石头
可制造石斧
以及贫穷诗人的屋顶
让他不再漂泊　四海为家
让他在此处安家落户
此处我就是那颗生病的石头的心
让他住在你的屋顶下
听见生病的石头屋顶上
鸟鸣清晨如幸福一生
石头的病　疯狂的病
石头打开自己的门户　长出房子和诗人
看见美丽的你
石头竞相生病
我身上一块又一块
全部生病——全变成了柔弱的心

不堪一击

从遍是石头的荒野中长出一位美丽女人
那是石头的疾病——万物的疾病
石头怎么会在荒野的黑暗中胀开
石头也会生病　长出鲜花和酒杯

如果石头健康
如果石头不再生病
他哪会开花
如果我也健康
如果我也不再生病
也就没有命运

1987. 10

遥远的路程

十四行献给89年初的雪

我的灯和酒坛上落满灰尘
而遥远的路程上却干干净净
我站在元月七日的大雪中，还是四年以前的我
我站在这里，落满了灰尘，四年多像一天，没有变动
大雪使屋子内部更暗，待到明日天晴
阳光下的大雪刺痛人的眼睛，这是雪地，使人羞愧
一双寂寞的黑眼睛多想大雪一直下到他内部

雪地上树是黑暗的，黑暗得像平常天空飞过的鸟群
那时候你是愉快的，忧伤的，混沌的
大雪今日为我而下，映照我的肮脏
我就是一把空空的铁锹
铁锹空得连灰尘也没有
大雪一直纷纷扬扬
远方就是这样的，就是我站立的地方

1989. 1. 7

大草原　大雪封山

公社里
有一个人
歌唱雨雪
和倾斜的山坡

秋天　一闪而过
多少丰收的村庄不见踪影

昨天的闪电
劈碎了车马
大雪封山
从今后日子艰难

1988. 11. 11 ～ 20

抱着白虎走过海洋

倾向于宏伟的母亲
抱着白虎走过海洋

陆地上有堂屋五间
一只病床卧于故乡

倾向于故乡的母亲
抱着白虎走过海洋

扶病而出的儿子们
开门望见了血太阳

倾向于太阳的母亲
抱着白虎走过海洋

左边的侍女是生命
右边的侍女是死亡

倾向于死亡的母亲
抱着白虎走过海洋

1986

在大草原上预感到海的降临

我的双手触到草原
黑色孤独的夜的女儿。

我为我自己铺下干草
夜的女儿，我也为你。

牧羊女打开自己——
一只黑色的羊
蹲伏在你的腹部。

多么温暖的火红的岩石
多么柔软地躺在马车上
月亮形的马，进入了海底。

一夜之间，草原是如此遥远，如此深厚，如此神秘。
海也一样。
一夜之间，

草贴着地长，
你我都是草中的羊。

1988（？）.11.20

辑十

答应我，忍住你的痛苦
不发一言，穿过这整座城市
……………………………………

太阳和野花

秋

献诗

无题

城里

春天

八月尾

歌或哭

爱情诗集

眺望北方

中国器乐

给你（组诗）

给 B 的生日

孤独的东方人

十四行：玫瑰花

十四行：玫瑰花园

花儿为什么这样红

明天醒来我会在哪一只鞋子里

春天，十个海子

———

太阳和野花

——给 AP

太阳是他自己的头
野花是她自己的诗

我对你说
你的母亲不像我的母亲

在月光照耀下
你的母亲是樱桃
我的母亲是血泪

我对天空说
月亮，她是你篮子里纯洁的露水
太阳，我是你场院上发疯的钢铁

太阳是他自己的头
野花是她自己的诗
在一株老榆树的底下
平原上

流过我的骨头

在猎人夫妻的眼中　在山地
那自由的尸首
淌向何方

两位母亲在不同的地方梦着我
两位女儿在不同的地方变成了母亲
当田野还有百合，天空还有鸟群
当你还有一张大弓、满袋好箭
该忘记的早就忘记
该留下的永远留下

太阳是他自己的头
野花是她自己的诗

总是有寂寞的日子
总是有痛苦的日子

总是有孤独的日子
总是有幸福的日子
然后再度孤独

是谁这么告诉过你：
答应我
忍住你的痛苦
不发一言
穿过这整座城市
远远地走来
去看看他　去看看海子
他可能更加痛苦
他在写一首孤独而绝望的诗歌
　　死亡的诗歌

他写道：
平原上
流过我的骨头
当高原的人　在榆树底下休息
当猎人和众神
或起或坐，时而相视，时而相忘
当牛羊和牛羊在草上
看见一座悬崖上

牧羊人堕下，额角流血
再也救不活他了——
他写道：
平原上
流过我的骨头

这时，你要
去看看他

答应我
忍住你的痛苦
不发一言
穿过这整座城市

那个牧羊人
也许会被你救活
你们还可以成亲
在一对大红蜡烛下
这时他就变成了我

我会在我自己的胸脯找到一切幸福
红色荷包、羊角、蜂巢、嘴唇
和一对白羊儿般的乳房

我会给你念诗：
太阳是他自己的头
野花是她自己的诗

到那时　到那一夜
也可以换句话说：
太阳是野花的头
野花是太阳的诗
他们只有一颗心
他们只有一颗心

1988. 5. 16 夜
删 86 年以来许多旧诗稿而得

秋

秋天深了，神的家中鹰在集合
神的故乡鹰在言语
秋天深了，王在写诗
在这个世界上秋天深了
该得到的尚未得到
该丧失的早已丧失

1987

献诗

黑夜降临，火回到一万年前的火
来自秘密传递的火　他又是在白白地燃烧
火回到火　黑夜回到黑夜　永恒回到永恒
黑夜从大地上升起　遮住了天空

1989

无题

给我粮食
给我婚礼
给我星辰和马匹
给我歌曲
给我安息!

我的生日
这是位美丽的
折磨人的女俘虏
坐在故乡的打麦场上

在月光下
使村子里的二流子
如痴如醉!

城里

面对棵棵绿树
坐着
一动不动
汽车声音响起在
脊背上
我这就想把我这
盖满落叶的旧外套
寄给这城里
任何一个人
这城里
有我的一份工资
有我的一份水
这城里
我爱着一个人
我爱着两只手
我爱着十只小鱼
跳进我的头发
我最爱煮熟的麦子

谁在这城里快活地走着
我就爱谁

1985

春天

你迎面走来
冰消雪融
你迎面走来
大地微微颤栗

大地微微颤栗
曾经饱经忧患
在这个节日里
你为什么更加惆怅

野花是一夜喜筵的酒杯
野花是一夜喜筵的新娘
野花是我包容新娘
的彩色屋顶

白雪抱你远去
全凭风声默默流逝
春天啊
春天是我的品质

八月尾

即使我是一个粗枝大叶的人
我也看见了红豹子、绿豹子

当流水淙淙
八月的泉水
穿越了山冈
月亮是红豹子
树林是绿豹子
少女是你们俩
生下的花豹子
即使我是一个粗枝大叶的人
少女，树林中
你也藏不住了

八月尾，树林绿，月亮红
不久我将看到树叶落了
栗树底下
脊背上挂着鹌鹑的人
少女，无论如何

粗枝大叶的人
看见你啦

1986.8.20 夜

歌或哭

我把包袱埋在果树下
我是在马厩里歌唱
是在歌唱

木床上病中的亲属
我只为你歌唱
你坐在拖鞋上
像一只白羊默念拖着尾巴的
另一只白羊
你说你孤独
就像很久以前
长星照耀十三个州府
的那种孤独
你在夜里哭着
像一只木头一样哭着
像花色的土散着香气

爱情诗集

坐在烛台上
我是一只花圈
想着另一只花圈
不知道何时献上
不知道怎样安放

眺望北方

我在海边为什么却想到了你
不幸而美丽的人　我的命运
想起你　我在岩石上凿出窗户
眺望光明的七星
眺望北方和北方的七位女儿
在七月的大海上闪烁流火

为什么我用斧头饮水　饮血如水
却用火热的嘴唇来眺望
用头颅上鲜红的嘴唇眺望北方
也许是因为双目失明

那么我就是一个盲目的诗人
在七月的最早几天
想起你　我今夜跑尽这空无一人的街道
明天，明天起来后我要重新做人
我要成为宇宙的孩子　世纪的孩子
挥霍我自己的青春
然后放弃爱情的王位

去做铁石心肠的船长

走遍一座座喧闹的都市
　　我很难梦见什么
除了那第一个七月，永远的七月
七月是黄金的季节啊
当穷苦的人在渔港里领取工钱
我的七月萦绕着我，像那条爱我的孤单的蛇
——她将在痛楚苦涩的海水里度过一生

1987. 7 草稿
1988. 3 改

中国器乐

锣鼓声
锵锵
音乐的墙壁上所有的影子集合
去寻找一个人
一个善良的主人
锵锵
去寻找中国老百姓
泪水锵锵
中国器乐用泪水寻找中国老百姓
秦腔
今夜的闪电
一条条
跳入我怀中，跳入河中

蛇皮二胡拉起。
南瓜地里沾满红土的
孩子思乳的哭声
夜空漫漫长长
哭吧

鱼含芦苇
爬上岸来准备安慰
但是
哭吧
瞎子阿炳站在泉边说
月亮今夜也哭得厉害

断断续续的口弦声钻入港口的外国船舱
第一水手呆了
第二水手呆了
那些歌曲钉在黄发水手的脑袋上

1984. 11

给你（组诗）

1

在赤裸的高高的草原上
我相信这一切：
我的脚，一颗牝马的心
两道犁沟，大麦和露水
在那高高的草原上，白云浮动
我相信天才，耐心和长寿
我相信有人正慢慢地艰难地爱上我
别的人不会，除非是你
我俩一见钟情
在那高高的草原上
赤裸的草原上
我相信这一切
我相信我俩一见钟情

2

我爱你

跑了很远的路
马睡在草上
月亮照着他的鼻子

3

爱你的时刻
住在旧粮仓里
写诗在黄昏

我曾和你在一起
在黄昏中坐过
在黄色麦田的黄昏
在春天的黄昏
我该对你说些什么

黄昏是我的家乡
你是家乡静静生长的姑娘
你是在静静的情义中生长
没有一点声响
你一直走到我心上

4

当她在北方草原摘花的时候

我的双手驶过南方水草

用十指拨开

寂寞的家门

她家木门下几个姐妹的脸

亲人的脸

像南方的雨

真正的雨水

落在我头上

5

冬天的人

像神祇一样走来

因为我在冬天爱上了你

1986. 8

给 B 的生日[1]

天亮我梦见你的生日
好像羊羔滚向东方
——那太阳升起的地方

黄昏我梦见我的死亡
好像羊羔滚向西方
——那太阳落下的地方

秋天来到，一切难忘
好像两只羊羔在途中相遇
在运送太阳的途中相遇
碰碰鼻子和嘴唇
——那友爱的地方
那秋风吹凉的地方
那片我曾经吻过的地方

1986.9.10

---

① B 为海子初恋的女友，中国政法大学 1983 级学生。——编者注

孤独的东方人

孤独的东方人第一次感到月光遍地
月亮如轻盈的野兽
踩入林中
孤独的东方人第一次随我这月亮爬行

（爱人像一片叶子完整地藏在树上
正是她只身随我进入河流）

爬行中
不能没有
一路思念
让我谢谢你，几番追逐之后
爱情远遁心中
让我在树下和夜晚对面而坐

（爱人说孩子
孩子是
落入怀中的阳光
哇哇大哭）

于是

孤独的东方人开口闭口之间

太阳已出

我爬行只求：

孩子平安

我爬行只求：人爱我心

1985. 6. 14

十四行：玫瑰花

玫瑰花　蜜一样的身体
玫瑰花园　黑夜一样的头发
覆盖了白雪隆起的乳房
白雪的门　白雪的门外被白雪盖住的两只酒盅
白雪的窗户　白雪的窗内两只火红的玫瑰谷
或两只火红的蜡烛……热情的蜡烛自行燃尽
两只丁当作响的酒盅……热情的酒浆被我啜饮

在秋天我感到了　你的乳房　你的蜜
像夏天的火　春天的风　落在我怀里
像太阳的蜂群落入黑夜的酒浆
像波斯古国的玫瑰花园　使人魂归天堂
肉体却必须永远活在设拉子[①]
——千年如斯
玫瑰花　你蜜一样的身体

1987.8

---

① 设拉子，一译舍拉子，波斯（今伊朗）地名。——编者注

十四行：玫瑰花园

明亮的夜晚
我来到玫瑰花园
我脱下诗歌的王冠
和沉重的土地的盔甲

玫瑰花园　玫瑰花园
我们住在绝色美人的身旁　仿佛住在月亮上
我们谈论佛光中显出的美丽身影
和雪水浇灌下你的美丽的家园

我们谈到但丁　和他的永恒的贝亚德丽丝
以及天国、通往那儿永恒的天路历程
四川，我诗歌中的玫瑰花园
那儿诞生了你——像一颗早晨的星那样美丽

明亮的夜晚　多么美丽而明亮
仿佛我们要彻夜谈论玫瑰直到美丽的晨星升起。

1987. 8. 26

花儿为什么这样红

透过泪水看见马车上堆满了鲜花。

豹子和鸟，惊慌地倒下，像一滴泪水
——透过泪水看见
马车上堆满了鲜花。

风，你四面八方
多少绿色的头发，多少姐妹
挂满了雨雪。

坐在夜王为我铺草的马车中。

黑夜，你就是这巨大的歌唱的车辆
围住了中间
说话的火。

一夜之间，草原如此深厚，如此神秘，如此遥远

我断送了自己的一生
在北方悲伤的黄昏的原野。

1988.11.20

明天醒来我会在哪一只鞋子里

我想我已经够小心翼翼的
我的脚趾正好十个
我的手指正好十个
我生下来时哭几声
我死去时别人又哭
我不声不响地
带来自己这个包袱
尽管我不喜爱自己
但我还是悄悄打开

我在黄昏时坐在地球上
我这样说并不表明晚上
我就不在地球上　早上同样
地球在你屁股下
结结实实
老不死的地球你好

或者我干脆就是树枝
我以前睡在黑暗的壳里

我的脑袋就是我的边疆
就是一颗梨
在我成形之前
我是知冷知热的白花

或者我的脑袋是一只猫
安放在肩膀上
造我的女主人荷月远去
成群的阳光照着大猫小猫
我的呼吸
一直在证明
树叶飘飘

我不能放弃幸福
或相反
我以痛苦为生
埋葬半截
来到村口或山上
我盯住人们死看：
呀，生硬的黄土，人丁兴旺

1985.6.6

春天，十个海子

春天，十个海子全部复活
在光明的景色中
嘲笑这一个野蛮而悲伤的海子
你这么长久地沉睡究竟为了什么？

春天，十个海子低低地怒吼
围着你和我跳舞，唱歌
扯乱你的黑头发，骑上你飞奔而去，尘土飞扬
你被劈开的疼痛在大地弥漫

在春天，野蛮而悲伤的海子
就剩下这一个，最后一个
这是一个黑夜的孩子，沉浸于冬天，倾心死亡
不能自拔，热爱着空虚而寒冷的乡村

那里的谷物高高堆起，遮住了窗户
他们把一半用于一家六口人的嘴，吃和胃
一半用于农业，他们自己的繁殖

大风从东刮到西，从北刮到南，无视黑夜和黎明
你所说的曙光究竟是什么意思

1989. 3. 14 凌晨 3 点～ 4 点

图书在版编目（CIP）数据

海子经典诗选 / 海子著 . —南京 ：江苏凤凰文艺出版社，2019.4
ISBN 978-7-5399-9724-7

Ⅰ . ①海… Ⅱ . ①海… Ⅲ . ①诗集—中国—当代
Ⅳ . ①I227

中国版本图书馆 CIP 数据核字（2019）第 041049 号

书　　名	海子经典诗选
著　　者	海　子
责任编辑	张　倩　王　青
出版发行	江苏凤凰文艺出版社
出版社地址	南京市中央路 165 号，邮编：210009
出版社网址	http://www.jswenyi.com
印　　刷	三河市嘉科万达彩色印刷有限公司
开　　本	880 × 1230 毫米 1/32
印　　张	12.5
字　　数	180 千字
版　　次	2019 年 4 月第 1 版　2019 年 4 月第 1 次印刷
标准书号	ISBN 978-7-5399-9724-7
定　　价	68.00 元

（江苏凤凰文艺版图书凡印刷、装订错误可随时向承印厂调换）

陌生人，我也为你祝福
愿你有一个灿烂的前程
愿你有情人终成眷属
愿你在尘世获得幸福